Yoko Ogawa

孕！

にんしんカレンダー

［日］小川洋子 著

竺家荣 译

浙江出版联合集团

浙江文艺出版社

Ninshin Calendar

Copyright © 1991 by Yoko Ogawa

First published in Japan in 1991 by Bungeishunju Ltd., Tokyo

Simplified Chinese translation rights arranged with Yoko Ogawa

through Japan Foreign-Rights Centre / Bardon-Chinese Media Agency

本书中文简体字版版权，浙江文艺出版社独家所有。

版权合同登记号：图字：11-2018-92 号

图书在版编目（CIP）数据

孕！/（日）小川洋子著；竺家荣译. —杭州：浙江文
艺出版社，2018.4

ISBN 978-7-5339-5102-3

Ⅰ.①孕… Ⅱ.①小… ②竺… Ⅲ.①短篇小说—小
说集—日本—现代 Ⅳ.①I313.45

中国版本图书馆 CIP 数据核字（2017）第 287293 号

孕！

作　者：〔日〕小川洋子
译　者：竺家荣
责任编辑：王盈盈
出版发行：浙江文艺出版社
地　址：杭州市体育场路 347 号
网　址：www.zjwycbs.cn
经　销：浙江省新华书店集团有限公司
印　刷：浙江超能印业有限公司
版　次：2018 年 4 月第 1 版　2018 年 4 月第 1 次印刷
开　本：880 毫米×1230 毫米　1/32
字　数：88 千字
印　张：5.5
插　页：1
书　号：ISBN 978-7-5339-5102-3
定　价：**30.00 元**

目录 CONTENTS

孕!

十二月二十九日（星期一）

今天姐姐去了 M 医院。

除了二阶堂医生的诊所外，姐姐几乎没有去过医院。所以每次出门之前，她都显得心神不定的，嘴里不停地念叨着"我都不知道该穿什么衣服去好了"，"第一次见大夫，我能说清楚吗"等等。就这样一直拖到了年底，医院休假前的最后一天。

早上，她一边茫然地抬头看着我，一边嘀咕：

"你说基础体温表，该拿几个月的给大夫看？"

坐在还未收拾的餐桌旁，就是不肯起来。

"有多少拿多少去呗。"

听到我这么回答，姐姐叫了起来：

"全都拿去的话，可是整整两年的，有二十四张呢。"

她搅动着插进酸奶瓶里的小勺。

"其实与怀孕有关的体温表只有那几天，所以我觉得只拿这个月的一张去就行了。"

"那多可惜啊！好不容易测了两年呢。"

"一想到大夫当着我的面翻看那二十四张图表，我就觉得特别难堪。仿佛自己怀孕的过程，被人家一步一步窥视着似的。"

她瞧着小勺尖上沾着的酸奶。酸奶闪烁着不透明的白光，黏黏糊糊，从勺尖上缓缓滴落下来。

"你想得太多了。基础体温表不就是一些资料吗？"

我这么开导姐姐，盖上了酸奶瓶盖，把它放进冰箱里。

最后，她终于决定把所有的基础体温表都拿去。但找齐那二十四张图表，也着实费了好大的劲。

姐姐每天早晨都非常认真地坚持测量体温，可不知为什么，却压根儿不好好管理那些图表。本来应该放在卧室的图表，不知什么时候就跑到报刊架上或电话桌上去了。所以在我的日常生活中，会不时看到那些描绘着锯齿形曲线的图表。现在想来，自己在看报纸或者打电话时，心里头冒出的念头却是"啊，原来这天是姐姐的排卵日啊"或是"这个月的低温期真长"等等，的确是件不可思议的事。总之，她翻遍了各个房间，好歹找齐了那二十四张图表。

姐姐选择 M 医院的理由是感性的。我曾劝过她还是找一个设备好的大医院比较保险，可是她坚持己见，说："我小时候就已经决定了，要是生小孩就选择 M 医院。"

M 医院是一家私人开的妇产科医院，早在我们爷爷那一代就有了。小的时候，我们姐妹俩经常偷偷地跑到医院的院子里去玩。医院是一栋古老的木结构三层楼房。从正面看，院墙长满青苔，招牌字迹不清，窗户玻璃模模糊糊，让人感觉阴森森的。不过当从后面进入院子后，却能发现这里其实日照充足，亮亮堂堂。这种强烈反差总是让我和姐姐特别兴奋。

院子里铺着平整的草坪，我们俩在草坪上打滚玩耍。碧绿的草尖和太阳的光芒轮番遮住了我们的视线，两种色彩逐渐在眼睛深处融汇，变成清澄的蓝色。那一瞬间，我恍惚觉得天空、微风和地面都远离了自己，身体在天上飘来飘去——我很喜欢那种感觉。

不过，我们最喜欢玩的还是偷看医院里的房间。踩在空纸箱上，就是扔在院子里的装纱布或脱脂棉的空纸箱上面，偷偷地从窗户往诊室里看。

"要是被人发现了，肯定会挨骂的。"

我的胆子比起姐姐来要小得多。

"没关系，咱们还是小孩，即使发现了也不会被怎么样的。"

她一边用衬衣袖子擦着因哈气而变得朦胧不清的玻璃，一边不以为然地说。

脸贴近窗户，就能闻到一股白油漆的味道，刺痛鼻腔深处。这种气味和 M 医院紧紧地联系在一起，长大成人以后，也没有能够从我的记忆里消除。只要一闻到油漆味，马上就会想起 M 医院。

下午上班前的诊室里静悄悄的，没有一个人，我们得以从容地看遍房间的每个角落。

椭圆形的托盘上放着各种各样的广口瓶，尤其显得神秘。那些瓶子的瓶盖既不是扣上去的，也不是拧上去的，而是一个插入式的玻璃盖。我真想亲手打开看看。所有的瓶子都有颜色，茶色、紫色、深红色，里面装着的液体也被染成了和瓶子同样的颜色。阳光照到瓶子上，里面的液体仿佛在微微颤动。

大夫的桌子上随意放着听诊器、镊子和血压计。弯曲的细长管子、暗淡的银色的光还有洋梨形的橡胶气袋，就像是一只只鲜艳的昆虫。病历上是一串串洋文，散发着神秘莫测的美。

桌子旁边有一张单调简朴的床，上面铺着浆洗得发白的挺括床单，床的正中间放着一个箱形的枕头。头枕在那种形状怪异的硬邦邦的枕头上，会是什么感觉呢？我总是不由思索。

屋子墙上贴着一张"矫正胎位示意图"。示意图里的女人穿着黑色紧身裤，趴在床上，弓起腰，胸部紧贴着床。那条紧身裤紧紧地包裹着她的腿，在我看来，她就像没穿衣服一样。女人眼神木然，望着前面。

不知什么地方传来学校上课的铃声，这时就到了下午就诊的时间。门外传来吃完午饭回来的护士们的脚步声，我们俩只好停止偷看。

"姐姐，二楼和三楼上有什么？"

我这么一问，姐姐就好像去过似的答道：

"上面是住院病房和婴儿护理室，还有配餐室。"

有时，会有女人站在三楼的窗户边往外看。也许是刚生完孩子的女人吧，她们都没有化妆，穿着厚厚的住院服，头发扎成一束，一绺头发还在耳旁微微飘动着。几乎都是面无表情，木呆呆的。

"诊室楼上有那么多好玩的东西，她们能住在里面应该很高兴啊，怎么那副表情呢?"那时，我这样想。

姐姐之所以坚持要去 M 医院检查，想必也是小时候的印象太深之故。她也会穿着住院服，把头发束在脑后，脸色苍白，面无表情地从三楼的窗户俯看院子里的草坪吗?

只要我不坚持，家里就不会有人跟姐姐唱反调。姐夫就说："那家医院离家近，走着也能去，我觉得还不错。"他总是谁也不得罪。

姐姐在午饭前回来了。当时我正在玄关穿鞋准备去打工。

"情况怎么样?"

"正好是第六周。"

"哇，能知道得那么精确啊?"

"还不是因为费好大劲测了体温嘛。"

她一边脱着大衣，一边快步走进了房间，看不出有多兴奋激动。

"今晚吃什么?"

"鱼蟹羹。"

"哦。"

"赶上便宜的墨鱼和蛤蜊了。"

——很日常的对话，因为太过日常，所以不曾在我的心里留下太多波动，以至于我连"恭喜你"这句话都忘说了。

不过，姐姐和姐夫之间有了小孩这件事，真的值得恭喜吗？

我打开词典查了一下"恭喜"这个词。词典上面是这样写的：恭喜（感），表示祝贺时的寒暄语。

"看来这个词本身，什么意思都没有。"

我自言自语，用手指点着丝毫没有喜庆色彩的那行汉字。

十二月三十日（星期二）　六周＋一天

　　我从小就不太喜欢十二月三十日这个日子。如果是三十一日①的话，那就是一年最后一天了。但是，最后一天的前一天不上不下，让人感觉不痛快。准备年节菜也好，大扫除也好，购物也好，都是不当不正的，不能了个彻底。我待在家里无所事事，干脆做起了寒假作业。

　　自从父母相继病逝后，家里过节的气氛就越来越淡薄了。即使姐夫来了之后，也没有任何的改观。

---

① 日本的新年是一月一日，十二月三十一日称为大晦日，类似中国的除夕，全国各地进行过年庆贺的活动，家家户户会进行大扫除。

　　我的学校和姐夫的单位都放了寒假，所以，今天早饭吃得非常悠闲。

　　"睡眠不足的话，就连冬天的阳光都觉得刺眼呢。"

　　姐夫戴着眼镜，眯缝着眼坐在椅子上。从院子里射进来的晨曦一直照到餐桌底下，我们三个人的拖鞋影子映在地板上。

　　"昨晚回来很晚吗？"

　　我问道。昨晚姐夫工作的牙科医院举行年会，好像在我睡着后他才回来。

　　"不算太晚，赶上末班车了。"

　　他端起咖啡杯。一股甜甜的奶香跟着热气一起弥漫在餐桌上方。

　　姐夫喜欢在咖啡里加入大量的咖啡伴侣和砂糖，所以，早餐桌上总有一股糕点屋的香味。我常想：一个牙科技师，却爱喝那么甜的咖啡，难道就不怕得虫牙？

　　"末班车，比早晨上班高峰时还要拥挤呢。人多不说，一个个还都喝得醉醺醺的。"

　　姐姐在烤面包上来回地抹着黄油。

　　她昨天去了妇产科医院，意味着她已经正式成为孕妇，却看不出有什么变化。这让我有些意外，原以为她会更亢奋一些——不管是高兴还是担忧。平时哪怕是芝麻大的小事，比如常去的美容院关门啦，邻居家的猫老死啦，因为修自来水管道要停水一天啦，等等，不管多么微不足道的变化，她都会特别紧张。然后精神紊乱，立马跑去二阶堂先生诊所。姐姐是怎么把怀孕的事告诉姐夫的呢？我不清楚他们单独在一起的时候会说些什么。原本，我对夫妻这种关系就不太能够理解。夫妻就像某种不可思议的气体，那种既无轮廓、又无颜色的藏在锥形玻璃瓶里变幻无常的气体。对，我就是这么认为的。

姐姐把叉子叉在煎鸡蛋上，嘟囔着："这个煎鸡蛋，胡椒粉放多了。"

她一向爱挑剔我做的菜，所以我装作没听见。半熟的蛋黄像黄色血液似的，从姐姐的叉子尖上吧嗒吧嗒地滴落下来。姐夫在吃切成了片的猕猴桃。我觉得猕猴桃里的一粒粒黑色种子宛如一个个小虫子窝，因此一向不喜欢吃。今天的猕猴桃已经熟透，果肉都快要融化了。黄油盒里的黄油块像出了汗似的，湿乎乎的。

看姐姐和姐夫两人都没有谈论怀孕一事的意思，我也就没说什么。院子里有小鸟在鸣叫。高空的云彩渐渐变淡了。餐具碰触发出的声响和喝咖啡的声音交替着传入我的耳朵里。

　　好像没人意识到今天是今年最后一天的前一天。我们家没有装饰门松，没有黑豆，也没有年糕。①

　　"至少应该做一下大扫除吧。"

　　我自言自语似的说道。

　　"你现在是非常时期，还是不要太累的好。"

　　姐夫舔着被猕猴桃的透明果汁润湿的嘴唇，对姐姐说道。这是姐夫的习惯，把极其平常的话说得非常体贴。

---

① 在门前装饰松树是日本迎接新年的准备之一，黑豆和年糕均是日本民俗中新年必吃的年节菜。

一月三日（星期六）　六周＋五天

　　今天姐夫的父母带着装满年节菜的多层食盒来我家了。

　　我有些不知所措，因为不知道该怎么跟他们说话，也不知道该怎么称呼他们。

　　元旦这几天，我们一直待在家里哪儿都没去。肚子饿了，就烤一点冷冻的比萨，开一个土豆色拉罐头，随便凑合就是一顿。所以当看到二老带来的年节菜时，完全惊呆了——真的太丰盛了。那些年节菜看上去就像精心制作的华美工艺品，根本不像是吃的东西。

　　我一直认为二老都是心地特别善良的人。尽管院子里堆满了落叶，冰箱里只有苹果汁和奶酪，他们也不会责怪姐姐，只是为有了孙子而由衷高兴。

　　傍晚，他们回去后，姐姐长长地吁了一口气："我累了，睡了。"说完就躺在了沙发上。就像啪的一声关上了哪里的开关似的，她一眨眼的工夫就睡着了。她最近特别爱睡觉，如同掉进了深深的冰冷沼泽般，悄无声息地睡觉。

　　这也是怀孕的缘故吧。

一月八日（星期四） 七周 + 三天

妊娠反应终于开始了。

没想到妊娠反应会如此突然地降临。姐姐以前曾放言："我才不会有反应呢。"她一向觉得妊娠反应很俗套，讨厌坠入其中，认定只有自己是用不着接受催眠或麻醉之类的治疗。

中午，我和姐姐正吃着奶油通心粉。突然，她把勺子举到眼前，盯着勺子看。

"你没觉得这勺子有一种怪味吗？"

在我看来，勺子跟平时没什么两样。

"有一股沙子味儿。"

她翕动着鼻子。

"沙子味儿?"

"嗯，和小时候摔倒在沙地上闻到的味儿一模一样。是那种干燥的沙子味儿，叫人受不了。"

姐姐把勺子放回到奶油通心粉的盘里，用餐巾擦了擦嘴角。

"不想吃了?"

我问道。

她点点头，手支着下巴发呆。

煤气炉上的水壶在咝咝作响，姐姐一直默默地瞧着我。没办法，我只好一个人继续吃饭。

"这白色的奶油酱，你不觉得特别像内脏的消化液吗?"

她嘀咕着。我没接话茬，喝了一口冰水。

"温吞的热度，湿润的口感，黏稠的浓度，这些都差不离。"

她弓着背，歪过头来，盯着我的眼睛说道。我用勺尖当当地敲了几下奶油酱的碟子底儿。

"还有，这颜色也够水灵的，这种脂肪色。"

我一直没有搭理她。阴沉沉的寒风吹得玻璃窗哗哗作响。厨房的不锈钢台面上静静地排列着做白色奶油酱用的量杯、盒装牛奶、木铲和长把平底锅。

"通心粉的形状也怪异得很哪。那种空心的东西在嘴里嚼断时，扑哧扑哧，就像吃消化管似的，那种流淌着胆汁和胰液的滑溜溜的管子啊。"

我怀着悲哀的心情，用手指抚摸小勺的柄，听着从姐姐的嘴唇里冒出来的五花八门的字眼。她把想说的话统统说完后，慢慢地站起身走出了房间。桌上放凉了的白色奶油酱已经变成了一坨白色的固体。

一月十三日（星期二）　八周＋一天

　　第一次从姐姐那儿看到那张照片的时候，觉得自己好像在看冰冷的夜空下着雨。

　　照片看起来和普通的快照没有什么不同，有白色的边框，背面印着胶片公司的名字。不过当姐姐检查回来，随手把它扔在桌上的时候，我立刻意识到这不是一张普通的照片。

　　夜空是深邃而清澈的黑色，我盯着看了一会儿，感到有些眩晕。雨丝宛如变幻不定的雾一样，飘浮在空中。在这雨雾中，浮现出一个蚕豆状的空洞。

　　"这就是我的胎儿。"

　　姐姐用涂着漂亮指甲油的手指点了点照片的一角，由于妊娠反应，她的两颊苍白而莹润。

　　我凝视着蚕豆形状的空洞，仿佛听到了雨雾淋湿夜空的声音。卡在空洞凹陷一隅的就是胎儿。它还只是柔弱的影像，仿佛被风一吹，就会飘落到茫茫黑夜里去似的。

　　"也就是说，妊娠反应的根儿在这儿呢。"

　　姐姐瘫软在沙发上，她从早晨到现在还没有吃一点东西。

　　"这种照片是怎么拍的？"

　　"不知道。我只是躺在床上，做超声波检查。之后正要回家时，大夫给了我这个，说是留作纪念。"

　　"什么，这东西也能做纪念啊？"

　　我又看了一眼照片。

　　"M医院的大夫，什么样的？"

　　我一边回想窗框的油漆味，一边问姐姐。

　　"是个五十多岁的白发绅士，不爱说话。除了大夫，两个护士也很文静，不说一句多余的话。她们已经不年轻了，估计年纪和大夫差不多。不可思议的是，她们俩长得特别像，跟双胞胎似的，从个头到发型、声音，连白大褂上污渍的位置都一模一样。反正我到现在也区分不开她们俩。

一进诊室，就特别安静，我感觉自己的耳朵都在颤动。只能听到一些微小的声音，比如翻动病历的声音、用镊子夹消毒棉的声音、从盒子里拿注射器的声音，等等。护士和大夫之间好像有他们自己的交流方式，不说话也配合得十分默契。大夫只要稍微侧一下身，或者使个眼神，护士马上就会递上验血单或者体温计以及其他东西。我真是佩服他们的本事。"

姐姐仰靠在沙发上，盘起了双腿。

"M医院，和咱们以前去玩的时候相比，没有什么变化吗？"

我这样一问，她马上使劲地点了点头。

"一点都没变。穿过小学的正门，从花店那儿拐过去，就能看到M医院的招牌。那个医院的时间仿佛是停滞的，特别幽静。每次一步一步走近它，握着把手打开门，我就觉得自己被吸进了一个深不见底的地方似的。"

在屋子里，姐姐的脸颊也好半天没能暖和过来，还是晶莹剔透的。

"诊室也没有什么变化。细长的药柜，大夫坐的结实的木椅，毛玻璃的屏风，都是以前见过的。陈设虽然都陈旧过时，却收拾得干干净净。只有一件不协调的新东西，你猜是什么?"

我摇了摇头。

"就是超声波诊断仪呀。"

这句话她说得很慢,仿佛在说一件特别重要的事情。

"检查时,我必须躺在那个仪器旁边的床上。然后,把衬衣和内衣都解开,露出肚子。少言寡语的护士走过来,挤出一些透明的软膏抹在我的肚子上,软膏放在比牙膏大得多的软管里。我特别喜欢那种感觉。像明胶一样透明润滑的软膏抚摸着我的肌肤,感觉很奇妙。"

姐姐长长地呼出一口气后,继续说道:

"接着,大夫把一个类似于无线电收发机的盒子摁在我的肚子上,盒子由一根黑色管子连到超声波装置上的。刚才不是涂抹了软膏嘛,仪器便紧紧地贴着我的肚子。于是显示屏上就显示出我身体里的样子。"

她用手指转了一圈那张放在桌上的照片。

"检查结束后,护士用刚刚洗过的纱布给我擦拭肚子,那瞬间有些空虚。我每次都希望时间再长一些,能让我多感受一会儿。"

她一直絮絮叨叨地说着。

"出了诊室,我赶紧去洗手间,再次从裙子里拽出衬衣，看看自己的肚子。我想看看肚子上还有没有擦干净的软膏，可是每次都会失望。因为肚子上什么也没有。用手摸了摸，也没有黏滑的感觉，既不湿也不凉。真让人失望。"

她叹了一口气。

地板上躺着一只姐姐摘下的手套。外面下起了细雪。

"自己的身体里面被拍成照片时，你是什么感觉？"

我看着窗外随风飘扬的细雪。

"大概和他给我做牙齿模型时差不多吧。"

"是姐夫吗？"

"嗯，感觉有点害羞，有点兴奋，还有点害怕。"

姐姐说完慢慢地闭上嘴唇，不再说话。

自己一个人滔滔不绝地把话说完后，就不再说话，对她来说可不是个好现象。这说明她无法应对自己紧绷的神经。过不了几天，我想姐姐又要去二阶堂先生那儿了。

在我们俩之间，模模糊糊的胎儿的身影被包裹在暗夜之中。

一月二十八日（星期三）　十周＋两天

姐姐的妊娠反应越来越厉害了，并且没有任何好转或者停止的迹象，她的心情坏透了。

她什么都吃不下。我把我能想到的各种食物列出来供她选择，可是没一个想吃的。我翻出家里所有烹调方面的书，一页一页地翻给她看，也没有用。

我深切感到，原来"吃"也是如此困难的一件事。

但听说胃里太空的话，会绞痛，所以姐姐说"必须要填一点什么东西进去"——她绝不说"吃"这个词。

她选择了羊角面包。其实如果是为了缓解胃疼，不见得非要选择羊角面包，华夫饼干或炸薯片什么的都可以。

只不过是她在做选择的时候，面包筐里凑巧露出了一个早晨吃剩下的羊角面包。

姐姐从月牙形的羊角面包上掰下一角塞进嘴里，几乎连嚼都不嚼就咽进了肚子里。有时卡在喉咙里，她就打开罐装的运动饮料，勉强地喝上一口。这种情景看上去绝对不像是在进餐，而像某种莫名其妙的巫术或修行。

姐夫不停地找来刊登有《特集·我是这样度过妊娠反应期的》《妊娠反应时丈夫的作用》等文章的杂志。我非常吃惊，居然有这么多有关孕妇和婴儿知识的杂志！《克服妊娠中毒症!》《妊娠时期出血大百科》《生产花费的筹措方案》……看着这些标题，想到今后有可能降临到姐姐身上的难题竟然如此之多，我不禁沮丧起来。

令人难以置信的是，姐夫的食欲也和姐姐一起出现了问题。即使坐在餐桌旁，他也只是用叉子戳着菜，几乎不往嘴里送。

"她的心情不好，我也被传染了。"

他这样解释道，叹了一口气。

姐姐似乎把姐夫没有食欲一事看作是对自己的体贴关心。姐夫一边给费劲地吞食羊角面包的姐姐摩挲后背，一边面色苍白地捂住自己的胸口。两个人就像受了伤的小鸟一样相互依偎着，每天晚上早早地进了卧室，一直到早晨才露面。

　　我觉得姐夫非常可怜，因为他根本没有必要跟着姐姐受这份罪。一想到他那有气无力的叹息，我真恨不得数落上几句。

　　甚至偶尔我会突发奇想，倘若有一天我因妊娠反应而消瘦，身边有一个人却能把全套的法国大餐吃得一干二净，那我一定会喜欢上他的。

二月六日（星期五）　十一周+四天

近来，我常常自己一个人吃饭。眺望着院子里的花坛、花铲和天上的行云，悠闲地吃饭，有时大中午的就喝起啤酒，还抽上姐姐讨厌的烟，享受着自由的时光。我不感到寂寞，觉得自己就适合一个人吃饭。

今天早晨，我用煎锅煎腊肉鸡蛋时，姐姐从楼梯上跑了下来。

"这味儿太难闻了，拜托，想想办法好不好！"

她揪着头发大声地喊道，亢奋得泪眼迷蒙，睡裤下露出的光脚像玻璃一样冰冷透明。啪的一声，煤气炉的开关被关上了。

"只是普通的煎鸡蛋和腊肉。"

我小声说道。

"根本不普通,家里全是黄油、油脂、鸡蛋和猪肉的气味,我都没法呼吸了。"

她趴在餐桌上,真的哭了起来。我顿时慌了神,赶紧打开了换气扇和窗户。

姐姐发自心底地哭着,哭得伤心极了,堪比演员在演戏:头发遮挡住侧脸,肩膀微微抽动着,哭声响亮。我摩挲着她的后背,想要安慰她。

"你得想点办法呀!早晨一睁眼,那股难闻的气味就侵入了我的全身,嘴里、肺里和胃里被搅成一锅粥,所有的内脏都在旋转。"

她一边哭一边诉说。

"为什么咱们家里到处都是这种气味呢?反正所有的东西都散发着令人作呕的气味。"

"对不起,以后我会注意的。"

我战战兢兢地说道。

"还不光是腊肉鸡蛋。烧焦的煎锅、陶瓷盘子、洗脸台上的香皂、卧室的窗帘等等,所有的东西都有一股怪味。一股味儿像变形虫一样突然扩散开后,别的气味将它包住，它们继续膨胀，接着又有其他的气味和它们融合在一起……简直没完没了！"

姐姐将泪眼婆娑的脸埋在桌子上。我一直把手放在她的背上，无可奈何地盯着她睡衣上的花纹。换气扇的嗡嗡声似乎比平时大得多。

"你知道气味有多可怕吗？简直让人无处可逃啊。它们毫不留情地不停向我进攻。我真想去一个没有气味的地方，就像医院的无菌室那样的地方。我想在那儿把内脏全都掏出来，用清水彻彻底底洗干净。"

"是啊，是啊。"

我小声附和道，然后深深地吸了一口气，可是实在闻不到哪里有什么气味。清晨的厨房很洁净，橱柜里整齐地排列着咖啡杯，墙上挂着已经干透的白抹布，窗外是冻结般的晴空。

我不清楚姐姐哭了多长时间，好像只有几分钟，又好像长得没有尽头。总之，她直到哭够了才长长地吐出一口气，抬起脸来看着我。她的睫毛和脸颊上都挂着眼泪，但情绪已经稳定下来了。

"我并不是不想吃东西。"

姐姐平静地说。

"其实，我什么都想吃，像马一样大口大口地吃。我怀念以前能够香甜地吃东西的时候，这让我悲伤。于是我想象了一番景象：餐桌中间放着玫瑰花，烛光映在葡萄酒杯上，汤和肉冒着热气——当然，那里没有任何气味。我还想过妊娠反应结束后，最先吃什么东西，虽说我很担心妊娠反应是不是真的能够结束。我还试着画过画儿，画的是法式黄油炸比目鱼、排骨肉和菜花色拉。我拼命地想象，想画得尽量逼真一点，连自己都觉得自己像个傻瓜。一天到晚都在琢磨吃，就像战争期间的小孩一样。"

"说什么呢，你不要那么自责。这又不是你的错。"

我安慰道。

"谢谢。"

姐姐目光木然。

"以后你在家时，我尽量不做饭了。"

她点点头。

煎锅里是已经凉透了的腊肉鸡蛋，无声无息。

二月十日（星期二）　十二周＋一天

　　十二周结束，也就是说进入到第四个月了。但是，姐姐的妊娠反应没有任何好转。妊娠反应就像一件湿透的衬衣，紧紧地贴在她的身上。

　　今天，姐姐也去了二阶堂先生的诊所。因为她现在的神经、荷尔蒙还有情感都已经变得支离破碎了。

　　每次去二阶堂先生的诊所，姐姐总要花费很多时间选择衣着。她在床上摆出好几套大衣、裙子、毛衣和围巾，很专注地思考着到底要穿哪一身行头。而且，化妆也比平时要仔细得多。要是姐夫看到姐姐这样，会不会嫉妒呢？真让人担心。

由于妊娠反应，姐姐的腰瘦了一圈，变得苗条，两颊消瘦，下巴也尖了，显得越来越漂亮，看着根本不像是个孕妇。

我曾经见过二阶堂先生。那天刮台风，他送姐姐回来。他是一个长相没什么特点的中年男子，没能让我留下一点印象，譬如耳垂大、手指粗或者脖子上的皱纹深，等等。他微微低着头，静静地站在姐姐身后，看上去十分柔弱。也许是雨淋湿了头发和肩膀的缘故吧。

我不清楚二阶堂先生给姐姐做了哪些治疗，听说只是一些心理测试、催眠疗法以及药物治疗。从高中起有十多年的时间，她一直不间断地接受二阶堂先生的治疗，可是神经上的毛病一点都没有好转。她的病一直像浮在海面上的海草那样随波起伏着，绝对不会漂上安稳的海滩。

但是，姐姐说在接受治疗的期间，她感觉身体特别放松。

"和在美容院洗头的感觉差不多。当别人侍候你的身体的时候，真是舒服得没法形容。"

她像回忆起了那种舒服的感觉似的，眯起眼睛说道。

我倒不认为二阶堂先生是多么优秀的精神科大夫。刮台风的那个晚上，默默地站在门口的他，眼神就像一个怯弱的患者，完全不像精神科大夫。他究竟是如何安抚姐姐那脆弱的神经呢？

天黑了，金色的月亮已挂在夜空，姐姐还没回来。

"这么冷的天，她大晚上的一个人回来，不会有问题吧？"

姐夫自言自语着，门外刚一传来出租车停车的声音，就马上迎了出去。

姐姐一边解着围巾一边说了句"我回来了"。她的眼睛和睫毛上闪烁着清冷的光，表情比早晨平静多了。

但是，不管去二阶堂先生的诊所多少趟，姐姐的妊娠反应一点都没见好转。

三月一日（星期日）　十四周＋六天

我突然意识到，自己从来没考虑过即将出生的婴儿。或许我也应该考虑一下婴儿的性别、名字和宝宝服才对。一般来说，这些事更令人兴奋。

姐姐和姐夫当着我的面从不提婴儿的事，就好像怀孕这件事和肚子里有个婴儿是完全无关的。所以，我也不觉得婴儿是手能碰到的东西。

现在，存在我脑子里关于婴儿的关键词是"染色体"。如果是作为"染色体"的话，我能想象出婴儿的形状。

以前在科学杂志上见过染色体的照片，它们看起来就像蝴蝶的双胞胎幼虫，分成好多好多对儿竖着排列在一起。

那些椭圆形的细长幼虫圆乎乎的，看上去刚好可以用大拇指和食指捏住。它们有着纤细的腰身和湿乎乎的表皮，很是生动。每一对的形状都不一样，有的头部弯卷成手杖形，有的笔直地平行靠在一起，有的像连体婴儿一样背部粘连在一起，千姿百态。

在想象姐姐的婴儿时，我的脑海中就浮现出那些蝴蝶的双胞胎幼虫。婴儿染色体的形状会是什么样的呢？我不由开始描绘。

三月十四日（星期六）　十六周＋五天

　　虽说已经是第五个月了，姐姐的肚子却一点也没显形。由于几个星期来，她只进食羊角面包和运动饮料，所以人越来越瘦了。除了去 M 医院和二阶堂先生的诊所外，她就像重病患者似的整天躺在床上。

　　我能做的只是不让家里有任何气味：把肥皂全部换成了无香型的；红辣椒、百里香、鼠尾草等调味品，都装进罐子密封了起来；把姐姐房间里的化妆品全部转移到我的房间里。姐姐说牙膏味闻着恶心，于是姐夫买来了喷水式牙刷。不用说，姐姐在家的时候，我肯定不做菜。实在需要做什么的话，我就把电饭锅、电磁炉和咖啡壶全搬到院子里，在地上铺一张席子吃饭。

我一个人在院子里望着夜空吃饭，感到心情宁静怡然。初春的晚上，夜色朦胧，微风轻柔，感觉不到寒意。虽然看不清楚自己的手和伸在席子上的腿，但院子里的百日红和花坛的红砖以及夜空中闪烁的繁星却清晰可见。除了远处的狗吠外，听不到任何的声音。

我把电饭锅的插头插在好不容易拉到院子里的电源插座上，不一会儿电饭锅就冒出了白色的热气，热气消散在夜色中。然后，我用电磁炉加热了速食肉汤。

不时刮来一阵风，热气被送上高高的夜空。院子里的绿树随之轻轻摇曳起来。

我在院子里吃饭时，总是比在屋里吃饭慢得多。放在席子上的餐具都有些倾斜，所以盛肉汤时得非常小心，以免洒出来。这样浑像玩过家家似的。时间在夜色中缓缓地流逝着。

我抬头朝姐姐的房间看去，她的窗户透出暗淡的光。一边想着被气味紧紧缠绕，蜷缩在床上的姐姐，一边张开嘴，我把肉汤连同夜色一起喝了下去。

三月二十二日（星期日）　十七周＋六天

今天姐夫的父母拿来了一件用包袱皮包着的奇妙东西。

当他们小心翼翼地打开包袱皮将它呈现出来时，我完全想不出来它到底是干什么用的。那是一块约五十厘米宽的白色长布条。除了"布"之外，我想不到其他的词来形容它。

姐夫把它展开，我看到在布的底端盖着一个狗形印章。一只竖着耳朵、模样很机灵的狗。

"对了，今天是第五个月的戌日吧？"

姐姐在公婆面前也难掩恶劣的心情，有气无力地说道。

"是啊。这东西也许会占地方，不过，它很吉利哦。"

姐夫的母亲说着把竹棒、一束红线和银色的小铃铛一一摆在我们面前。最后，她又掏出一本神宫的小册子，小册子上有如何用这些东西祈祷平安分娩的说明。

"哟，还带说明书呀。"

我感叹道。

"我们去神宫时请的，这是一套。"

姐夫的母亲微笑着说道。

真担心布上的白染料和那根不知底细的竹棒会有气味。姐姐用纤细的手指抚摸着小册子的封面。

我们五个人依次拿起面前的东西，或点着头，或是翻来倒去地看，或是试着摇晃着。

他们刚一走，姐姐马上对那套东西失去了兴趣，回了自己的房间。姐夫把它们按原样一一包好。小铃铛发出轻微的响声。

"为什么要在这儿盖一个狗的印章呢？"

我问姐夫。

"因为狗一次能产下多只小狗，而且大多是顺产。所以它就变成祈求安产的吉祥物了。"

"动物也有顺产和难产这一说？"

"好像是有的。"

"是不是就像从豌豆荚里蹦出来那样，一只只小狗，扑哧扑哧地生出来?"

"也许吧，不知道。"

"姐夫，你见过生小狗吗?"

"没见过。"

姐夫摇着头答道。包袱皮里，那只狗一直看着我们。

三月三十一日（星期二） 十九周＋一天

　　今天去打工的超市很远，所以我不得不起了个大早。走在去车站的路上，晨霭一直笼罩着我，连眼睫毛都被打湿了，冰凉冰凉的。

　　我之所以喜欢这份工作，是因为每次去的超市都是第一次去，而且永远不会再去第二次。站前广场的超市有横杆，有自行车停放场，有公共汽车站。望着聚拢到这里的人群，自己仿佛在旅行一样。

　　人才派遣公司会给我入店许可证，我每次都用它从后门进入超市。超市的后门很冷清，胡乱地堆放着纸箱、菜叶和湿的塑料布。荧光灯的灯光很暗淡。我向值班室的小窗出示了许可证，警卫冷漠地点了点头。

开门营业前的各个卖场和货架上都盖着布，里面几乎没开灯，和后门一样冷清。我提着装着一套工具的包在卖场里来回转悠，打算找个合适的地方开工。今天选择的是肉类卖场和冷冻食品柜之间的通道。

我从后门要来纸箱，堆成一个台子，铺上花桌布。然后在上面摆上碟子，在碟子里放上咸饼干。最后取出盆和发泡机，搅拌发泡奶油。

发泡机的咔咔声在静悄悄的超市的每个角落回响起来。每当这时，我都觉得很不好意思。因为集中到收款台前开早会的店员们都会往我这边看。我只能埋头捣腾发泡器。

今天去的超市刚刚装修完，地面和天花板都闪闪发亮。我把发泡奶油抹在咸饼干上，向顾客推荐。

"今天发泡奶油促销，请您品尝一下！您想不想在家里自己制作点心？"

我说的这些话都是印在派遣公司手册上的。除了这几句，几乎不说其他的话。

穿拖鞋的主妇、一身运动装的年轻人、鬈发的菲律宾人……各种各样的人从我面前经过。他们中只有少数人从我伸出的小碟里捏一块咸饼干吃。有的人在嘴里嘀咕一句

"比平时到底便宜多少啊？"就走了，也有的人什么也不问，拿起一盒发泡奶油就放进了购物筐。

我对所有的人都笑脸相迎，不卑不亢。因为不管卖出多少发泡奶油，与我的钟点工收入都无关。对任何人不厚此薄彼，报以同样冷静的微笑，这是最轻松的。

今天第一个来品尝的是一位驼背的老太太。她脖子上系着一块像手巾一样的围巾，左手提着一个茶色的布荷包。是个很普通的老太太，仿佛就要悄无声息地融化到超市的人流中去。

"我能尝一下吗？"

她很拘谨地走过来。

"可以，请吧。"

我爽快地回答。

老太太像是瞧什么新奇的东西似的，先盯着盘子看了一会儿，接着慢慢地伸出手，用面粉般干燥的手指捏了一块咸饼干。捏起咸饼干再放进嘴里，速度快得不可思议。张嘴的那个瞬间，她像小孩子似的把嘴张得圆圆的，闭嘴时把眼睛也一起闭上了。

我们两人站在数不清的食品中间。老太太身后整整齐齐地排列着一盒盒肉片、肉块还有肉末，而我的后面，是被包围在冷气之中的扁豆、馅饼还有炸肉饼。宽敞的超市里排列着一排排比人还高的货架，每一个货架上面都摆满了食品。无论是蔬菜、乳制品、糕点还是调味品，都仿佛多得无穷无尽。站在货架之间往上一看，不由眩晕。

提着购物筐的人不断地从我们周围走过。顾客们都像漂浮在水里一样，晃晃悠悠地一边搜寻食品一边往前走。

一想到这里所有的东西都是人吃的食品，我就觉得恐怖。仅仅是为了寻找食品，就有这么多的人每天聚集到这里来，真是太可怕了。我想起了用忧郁的眼神看着羊角面包、从月牙尖上揪下一小块时的姐姐。她吞食羊角面包时那哭泣般的眼睛和掉在桌子上的白色面包渣轮番出现在我的眼前。

老太太吃咸饼干时，我可以看到她的舌头，虽然只有极短的瞬间。那是和她衰弱的身体毫不相称的鲜红的舌头，它柔软灵活地把白色的发泡奶油裹了进去。舌头表面的颗粒犹如反射了灯光，在黑乎乎的口腔里也看得很清楚。

"请问，我可以再品尝一块吗？"

老太太弯着腰，晃动着手里的荷包说道。由于连续品尝两次的人极少，我愣了一下，但马上恢复过来，微笑着说："请吧，您吃吧。"她和刚才一样，用满是皱纹的手指捏了一块咸饼干，将嘴巴张得圆圆的，伸出鲜红的舌头，把它放了进去。真是卫生健康的吃法。有节奏和速度，还特别流畅。

"我来一盒。"

她把一盒发泡奶油放进了购物筐。

"谢谢！"

我一边说一边想：她回家后会怎么吃这盒发泡奶油呢？

老太太那素朴的背影很快消失在了人流中。

四月十六日（星期四）　二十一周＋三天

　　今天，姐姐第一次穿上了孕妇装。一穿上孕妇装，她的肚子一下子就显得鼓起来了。可用手摸了摸，感觉也没多大变化。实在无法相信，我的手按着的肚皮里头还有一个活人。

　　姐姐好像穿不惯孕妇装，反复地系着腰部的带子。

　　她的妊娠反应突然结束了。开始得特别突然，结束得也特别突然。

　　早晨送走姐夫后，姐姐走进了厨房。自从妊娠反应开始以来，厨房就成了她最不喜欢的地方。所以，当我发现她靠在餐具橱柜上的时候，竟有些不知所措。

　　由于最近几乎不做饭，厨房里干干净净的：烹调用具全都在各自的位置上，不锈钢的流理台上干干的，洗碗机里也是空空的。我们的厨房宛如整体厨房展示品一样，陌生而乏味。

姐姐扫视了一遍厨房，然后在餐桌旁坐下来。平时桌上总会放着忘了收起来的调味汁或开了盒的甜饼干，可现在空空如也。她想对我说什么似的，抬起头看着我。孕妇装的裙摆在脚边飘动着。

"吃羊角面包吗？"

我怕破坏姐姐的情绪，小心地问道。

"拜托，请不要再跟我提什么羊角面包，好吗？那玩意简直甜得离谱，跟假的似的。"

我顺从地点了点头。

"我想吃一点别的东西了。"

她小声说道。

"嗯，我明白了。"

我一边回想着姐姐已经有多少个星期没有主动提出要吃东西了，一边赶忙打开了冰箱。冰箱里空空如也，照明亮得刺眼。我叹着气关上了冰箱门。

接着，我又看了一下冷藏柜。那里面也差不多，找不到什么像样的食品。

"有吃的吗？"

姐姐担心地问道。

"只有一袋明胶，半袋面粉，还有干木耳、食用红色素、酵母、香草精……"

我扒拉着各种袋子、罐头和瓶子，看见了两个羊角面包，赶紧把它们藏到里面去了。

"我想吃点什么东西！"

她像是下了什么了不起的决心似的，干脆地说道。

"嗯，你稍等一下。怎么说也应该能找到一点可以吃的东西。"

我把脸伸进冷藏柜，从上往下仔细地找了起来，终于在最下面一层发现一袋做糕点剩下的葡萄干。一看生产日期，是两年前的。葡萄干像风干的眼珠子一样干瘪。

我把那袋葡萄干举起来给姐姐看，她点了点头。

这么又干又硬的东西，她怎么能够吃得那么香甜？当时我觉得特别不可思议。她不停地从袋子里抓出葡萄干，使劲地嚼，专心地吃着。她的身体和精神全部集中在吃这件事上面。把最后一把葡萄干放在手心里，凝视了片刻后，她才十分留恋似的慢慢送进了嘴里。

此时我才意识到，姐姐的妊娠反应结束了。

五月一日（星期五）　二十三周＋四天

因持续十四周的妊娠反应而掉的五千克肉，姐姐只用了十天时间就补回来了。

除了睡觉外，她的手里总是拿着什么吃的东西。不是趴在餐桌上吃东西，就是抱着点心袋吃，不是找启罐器，就是打开冰箱找吃的。她整个人仿佛都被食欲给吞噬了。

姐姐一天到晚地吃东西，无休无止地吃东西，和呼吸一样。她睁着两只清澈得毫无情绪的眼睛，直勾勾地盯着一个地方。嘴唇犹如训练有素的田径运动员的大腿一样，飞快地开合。和她妊娠反应时一样，我只能看着她吃，没有办法阻止。

经常，姐姐突然就会想吃某种让人意想不到的东西。一个下雨的晚上，她说想吃枇杷奶冻。外面下着倾盆大雨，院子里溅着发白的水花。快到午夜时分了，我们三个人都换上了睡衣。这种时间，附近没有还在营业的商店，而且最要紧的是，我完全不知道到底有没有枇杷雪葩这种东西。

"金黄色的果肉像玻璃碎片一样，薄薄的，好多片叠在一起，嚼起来嘎吱嘎吱的。我想吃这样的枇杷雪葩。"

姐姐说。

"这么晚了，没地方买呀。明天，我一定给你买来。"

姐夫温柔地劝道。

"不行，我就要今天晚上吃。我脑子里全都是枇杷雪葩，快憋死了。吃不到的话，我睡不着觉啊。"

她一脸渴求地说。我简直无语了，背朝着他们俩坐在沙发上。

"不一定非得是枇杷雪葩吧。比如橘子雪葩、柠檬雪葩什么的。要是橘子和柠檬的话，便利店里也许会有。"

说着，姐夫拿起了汽车钥匙。

"下这么大的雨，你也要出去吗？"

我吃惊地大声问道。

"不是枇杷雪葩就没有意义啊。枇杷柔软的皮、金色的绒毛和淡淡的香味，我要的是这个！再说又不是我自己要吃的呀，是我身体里的'怀孕'要吃的。是怀——孕——啊！我也没有办法啊。"

　　姐姐不理睬我的抗议，任性地说着。她说"怀孕"这个词的时候，故意说得很恶心，就好像在说什么奇形怪状的毛毛虫的名字一样。

　　姐夫为了让姐姐的情绪平静下来，搂着她的肩膀，提出了种种建议。

　　"想吃冰激凌的话，家里有哦。"

　　"吃点巧克力怎么样？"

　　"明天，我就到百货商店的食品柜台去买。"

　　"你把二阶堂先生给你的药吃了，今天还是先睡觉吧。"

　　姐夫战战兢兢地玩着手里的钥匙，怯怯地看着姐姐。这简直让我受不了。

　　深更半夜，三个大人被枇杷雪葩折腾得不行，实在滑稽可笑。为什么会这样，我也不知道。总之，三个人再怎么琢磨，也不可能变出枇杷雪葩来的。

五月十六日（星期六）　二十五周＋五天

　　我常常思考姐姐的怀孕与姐夫的关系这个问题。也就是姐夫对于姐姐怀孕所起的作用，倘若这个问题存在的话。

　　姐夫仍旧每天提心吊胆地看着姐姐。姐姐的心情变得恶劣的时候，他总是神经质地眨着眼睛，结结巴巴地不断发出"啊""嗯"之类毫无意义的声音。最后，也只是无计可施地抱住姐姐的肩膀，并勉强做出温柔的表情——他认为这是姐姐最希望看到的。

　　我从一开始就发现了姐夫的这种无聊把戏。第一次见到他，是在牙科医院。姐姐从和他交往开始到订婚之后，都没有把他带到家里来过，所以，我一直没有机会见到他。

那次正好得了虫牙，姐姐就给我介绍了他工作的牙科医院。

给我治疗的牙科大夫是一个爱说话的中年女性，她听说我是姐夫未婚妻的妹妹后，就向我打听了许多有关我姐姐的事。由于口腔内存满了唾液，每次我都必须紧紧地闭着嘴唇回答她的问话，可以想象有多疲惫。

到了该给那颗要做牙套的牙齿取模的时候，姐夫打开诊室最里面的门走了出来。他是技师，穿着和大夫不一样的短白大褂，比现在还要瘦一些，头发长长的。初次见面，他站在我身边，用最平常的语言和我寒暄了一下。我知道他非常紧张，因为从他口罩里发出的声音含混不清。我仰靠在治疗椅上，也不知这么打招呼合适不合适，只是扭转脑袋，朝他点了点头。

"下面，我来给你套一下牙型。"

他用非常客气的口吻这样说着，朝我的脸俯下身来。由于治疗的是最里面的一颗牙，我必须使劲张开嘴。他的脸贴过来，把手伸进我的嘴里，带着消毒液味儿的湿手指碰到了我的牙床。我能清清楚楚地听见他在口罩里面的喘气声。

女大夫已经开始给旁边一个患者治疗了，她悦耳的说话声随着钻牙的马达声响在诊疗室内。

"你的牙,色泽很不错啊。"

姐夫边工作边说道。我不知道牙的色泽还有好坏之分,因为一直张着嘴,也就不能问个清楚。

"而且牙齿也很齐,每颗牙都笔直地长在牙床上。"他轻轻地说道,"牙床的颜色也很健康,很鲜艳,很有光泽。"

真不明白他为什么一定要这样来说明我口腔里的世界。我并不想让他描述我的牙齿和牙床。

观察了一遍牙齿后,他坐在圆椅上,从排列着很多药瓶的小推车上拿了一个很小的玻璃托盘,然后在上面倒了一些粉红色的粉末。于是,托盘的毛玻璃底部透出了一抹鲜艳的粉红色。

圆盘形的大灯泡投射下来的光,照得我两颊发烫。钻石钻头和针型钻头并排放在旁边的小桌上。漱口用的银色杯子满得都溢出了水。

姐夫拿起一个奶瓶似的容器往玻璃托盘上倒了些液体,然后用小勺飞快地搅拌起来。系口罩的绳子在他耳朵后面难看地摇晃着。他的眼睛一刻不停地在病历、托盘和我的牙齿之间来回移动。

"就是这个穿白大褂、戴口罩的瘦弱男子,将要和姐姐结婚吗?"

我看着托盘上渐渐变成糖稀状的粉红色物体，心里这样想。"结婚"这个词好不自然，可是也没有什么其他可以替换的表达形式了。"和姐姐在一起"、"爱姐姐"或者"拥抱着姐姐"，这些没一个合适。小勺和玻璃摩擦发出的声音非常刺耳。但显然，他并不在意这声音，只是在托盘上不停地搅拌。

粉红色的粉末最后变成了黏土状。他用食指和中指把它捏起来，用其他的手指撑开我的嘴，紧紧贴到我最里面的牙上。没有什么味道，我的舌头只接收到凉凉的信息。他的手指好几次碰到我的口腔黏膜，真想一口咬住那手指和那块粉红色的物体。

五月二十八日（星期四） 二十七周＋三天

　　姐姐的肚子越吃越鼓了。以前我虽然见过孕妇，却没有亲眼见证她们身体的变化过程，这次终于能看见，不由兴趣盎然地观察起来。

　　姐姐的身体从胸部以下开始变形，一直到下腹大胆地鼓了出来。我用手摸了摸，比想象的要硬，不由得吃了一惊。她的肚子紧实得就像煮干了的糨糊，而且左右不对称，稍微有点儿歪。这又使我感到莫名的紧张。

　　"现在胎儿正是上下眼皮分开、鼻孔贯通的时候。要是男孩的话，原本在腹腔内的性器官正在下移。"

　　姐姐冷静地描述着自己的胎儿。"胎儿""腹腔""性器官"这些词，从做母亲的嘴里发出来真的很别扭，我觉得姐姐身体的变形越发神秘可怕了。

胎儿的染色体是否按照正常的频度在增加？她隆起的肚子里，那些蝴蝶的双胞胎幼虫是否联结着不断蠕动？我看着姐姐的身体，一直想。

今天，打工的超市里出了一点事故。一个店员用电瓶车推着满满一车鸡蛋，不小心却踩在一片生菜叶上，于是脚一滑把一车鸡蛋全摔破了。由于事情就发生在我做发泡奶油的旁边，我亲眼见到那些鸡蛋稀里哗啦地往下掉。遍地都是摔破的鸡蛋，地上黏黏糊糊的。那罪魁祸首的生菜叶上还留着运动鞋的鞋印呢。有几个鸡蛋掉在水果卖场的货架上，把苹果、甜瓜和香蕉都给弄脏了。

也因为这事，店长给了我满满一袋不能再出售的葡萄柚。我们家现在无论多少吃的都不嫌多，所以我很高兴地拿了回来。

我把葡萄柚放在桌子上，觉得那上面好像还能闻到鸡蛋的味道。那是美国产的葡萄柚，个头很大，金黄色的。我决定把它们做成果酱。

首先要把这些葡萄柚的皮去掉，再从果肉里抠掉籽，这很费工夫。姐姐和姐夫出去吃中华料理了。窗外夜幕降临，四处都很安静。除了刀和锅的碰撞声、葡萄柚的滚动声以及我的咳嗽声之外，听不到其他的声音。

我的手指沾满果汁，很是黏糊。在厨房灯光的照射下，饱满的果肉上纹路格外鲜明。然后，我给它们撒上砂糖。砂糖溶化，葡萄柚就显得更加闪闪发亮了。我将可爱的半圆形果肉一个接一个放进锅里，叠得高高的。

看着桌上凌乱的厚厚果皮，总觉得扔掉有些可惜。我把果皮的白色部分去掉，将黄色的部分切成细丝也放进了锅里。黄色的果汁犹如活物般飞溅在刀刃、手背和菜板上。葡萄柚皮的花纹极有规律，就像透过显微镜看到的人体某个部位的黏膜似的。

把锅坐在火上后，我嘘了一口气坐在椅子上。咕嘟咕嘟，葡萄柚在夜幕中一点点被煮烂，酸甜的果香随着热气不停地飘散出来。

看着锅底的葡萄柚果肉绽开，我想起了被同学硬拉去参加的"思考地球污染·人类污染"研讨会。研讨会在313号教室召开，规模很小，但出席的学生们都认真且单纯。作为外来者，我独自坐在教室的角落里，眼睛一直看着校园里的杨树。

一个戴着过时眼镜的瘦瘦的女学生发表完对酸雨的看

法后，有人提了一些非常专业的问题。我闲得无聊，把开会前发的小册子卷成一个卷。小册子第一页上，有一张美国产葡萄柚的照片。

"危险的进口食品！"

"上市前浸泡过三种毒药的葡萄柚！"

"防腐剂PWH中具有强烈的致癌物质，会破坏人类的染色体！"

隐约记得上面的文字是这样的。

当葡萄柚的果皮和果肉完全融合，变成了一堆胶状物体的时候，姐姐和姐夫回来了。姐姐一进门就直奔厨房。

"煮什么东西呢？这么好闻的味儿。"

她一边说着，一边掀开我刚刚关了火的锅。

"哟，葡萄柚果酱啊，真稀罕！"

话音未落，她拿起小勺舀了满满一勺热腾腾的果酱。

"没有枇杷雪葩好吃。"

我低声说道。她装作没听见，飞速地把勺子送进了嘴里。此时她还穿着新做的孕妇装，戴着耳环，左手提着包。姐夫呆呆地站在离她不远的地方。

姐姐一勺接一勺地把葡萄柚果酱送进嘴里。也许是因为隆起的肚子，她看上去很高傲、很霸道。已经煮得稀烂的果肉顺着她的喉咙向下滑去。

　　"PWH 是不是也会破坏胎儿的染色体？"

　　看着锅底所剩无几、胆怯般微微颤动着的果酱，我在心里想。

六月十五日（星期一）　三十周＋零天

进入梅雨季节后，一直下雨。无论是早晨还是晚上，天空都是灰蒙蒙的，房间里整天都得开着灯。哗哗的下雨声在脑袋里不停地回响，让人怀疑自己是不是耳鸣了。明明快到夏天了，雨却那么冷，真是令人不安。

不过，姐姐旺盛的食欲依然如故。

她越来越胖了。随着肚子的隆起，脸颊、脖子、手指和脚脖子也都开始长脂肪，白色的、混浊的、没有弹力的脂肪。

我还没看惯发胖的姐姐，所以，每次见到她被脂肪包裹着的松弛的轮廓时，就会感觉很困惑。姐姐对自己身体的变形一点都不关心，只是一味地吃东西。因此，我也不能随便建言。她的身体好像变成了一个大脓包，自行膨胀着。

我不断地做着葡萄柚果酱。厨房里到处都是葡萄柚，藤编的果篮里、冰箱上、调味盒旁都能看到它们的身影。我剥去它们的皮，抠出籽，加入砂糖，用文火慢慢地煮。

每次做好的果酱放进容器不久，就会被姐姐吃得一干二净。她把锅放在餐桌上，用左手抱住，把小勺伸进去舀着吃。不是抹在面包上，就是那么直接吃果酱。只看见小勺的快速移动和狼吞虎咽的气势，就好像她吃的是咖喱饭一样。这种吃法适合吃果酱吗？我越来越感到不可思议。

酸甜的果汁味和雨水的气味混合在一起，在我们俩中间漂浮。我直直地看着坐在对面吃果酱的姐姐，而她几乎无视我的存在。我试着说了几句：

"你那么吃，不觉得难受吗？"

"以后能不吃就不吃了，好不好？"

可是没有任何效果。姐姐的舌头正在溶化果酱，外面正在下雨，我的声音完全被覆盖了。

之所以一直盯着姐姐看，倒不是她吃果酱的方法有多不正常，而是因为她的身体实在太过奇妙：由于高高隆起的肚子，她各个身体部位（比如：腿肚子和脸颊、手掌和耳垂、大拇指和眼皮）看上去有些失调；吞咽果酱时，脖子上堆积的脂肪会一上一下地慢慢蠕动；小勺的把儿深深地嵌入她肥硕的手指里。我静静地看着变了形的姐姐身上的每一个部位。

当最后一勺被舔干净时，她用一双撒娇般的、泪光闪烁的眼看着我，小声问道："没有了吧?"

"我明天再做。"

我淡然回答。家里的葡萄柚全部做成了果酱后，我去打工的超市再买一批新的葡萄柚来。每次，我必定会向水果卖场的店员再三确认："这是美国产的葡萄柚吗?"

七月二日（星期四）　三十二周＋三天

　　不知不觉间已经进入第九个月了。我感觉姐姐的妊娠反应结束后，时间的流逝快了许多。似乎是什么东西要把之前令人不快的时间的沉淀，一口气冲刷干净似的。

　　当然，她仍然把绝大部分时间都花在了吃东西上面。

　　不过，今天姐姐从医院回来后却一脸不悦。她说大夫提醒自己，她的体重已经超标了。

　　"你知道吗？产道那种地方也会堆积脂肪的。所以，大夫说要是太胖的话，会难产的。"

　　她烦躁地把《母子手册》扔给我。我看到"妊娠情况记录"那一页上，用红字写着"限制体重"。

"大夫说，生小宝宝时增加六千克左右是最理想的。看来我会难产吧，肯定会的。"

姐姐叹了一口气，拢了一下头发。因为她的体重已经增加了十三千克。

"那有什么办法啊。"

我看着她粗粗的手指嘟囔一句，又走进厨房开始做果酱了。

不知从什么时候开始，做葡萄柚果酱已然成了我的习惯。就像早晨起床后再梳头发一样，我做好果酱，然后姐姐把它们吃掉。

"大夫说会难产，有那么可怕吗?"

"当然可怕了。"

她很干脆地轻声回答。

"最近，我思考过各种各样的疼痛。曾经感到最痛的，是哪一次? 癌症晚期和双腿截肢，阵痛与哪种疼痛更相近? 想象疼痛的感觉是非常困难的，也是恐怖的。"

"是吗?"

我在厨房里一边忙活，一边应答着姐姐。她的手里一直紧紧地握着《母子手册》。封面上的婴儿图都扭曲了，看上去好像婴儿在哭泣一样。

"不过，最最可怕的，还是必须要面对自己的孩子。"

她的视线落在了隆起的肚子上。

"我怎么也理解不了，在这里头不管不顾，不停长大的生物就是我的孩子。它的存在抽象而模糊，但绝对是无法回避的。早晨醒来之前，从深深的睡眠谷底慢慢浮上来的时候，我有一瞬间会觉得妊娠反应、M 医院、隆起的大肚子等等，一切都是幻觉。那一瞬间，以为一切都是个梦，心情变得格外愉快。但是，当完全醒过来以后，一看到自己的身体，就完蛋了，心情会变得非常忧郁。我自己心里明白，其实我是害怕见到这个孩子……"

我听着姐姐在我背后说着。砂糖、小块的果肉和切成细条的果皮溶化成了金黄色的果酱，在锅里咕嘟咕嘟地冒着泡儿。我把火调小，用大勺在锅底来回地搅拌着。

"根本没有必要害怕呀。婴儿不就是婴儿吗？软软乎乎的，小手总是紧紧地攥着，扯着嗓子哭闹。不过如此嘛。"

我看着被勺子搅拌成旋涡状的果酱，对她说道。

"不可能像你想象的那样美好的。只要我把他生出来，他便是我的孩子了，这是注定的，根本没有选择的可能。哪怕孩子半边脸上都是红斑，或者手指全连在一起，或者是无脑儿，或者是连体儿……"

　　姐姐说出一连串可怕的词语。这些词语和勺子搅拌锅底的沉闷声音以及果酱咕嘟咕嘟的声音混在了一起。

　　"这里面，含有多少 PWH 呢？"

　　我盯着果酱，在内心深处自言自语着。荧光灯下，果酱莹润透明，使我联想到装化学药品的冷冰冰的瓶子。无色透明的玻璃瓶中，是破坏胎儿染色体的药品在摇晃。

　　"做好了。"

　　我紧紧握着锅的把手，回过身来。

　　"姐姐，吃吧。"

　　我把果酱递给她。她盯着果酱看了片刻，默默地吃了起来。

七月二十二日（星期三） 三十五周＋两天

  大学放暑假了。这么说整个暑期我都要一直陪伴怀孕的姐姐吗？

  不过，怀孕这个状态并非没有止境。早晚会结束的，孩子降生的时候就会结束的。

  我想象过在我和姐姐、姐夫三人之间加入婴儿后的情景。可是，每次都以失败告终。我想象不出姐夫抱着婴儿时的眼神或是姐姐喂奶时露出的雪白胸脯，浮现在脑海里的只有在科学杂志上见过的染色体的照片。

八月八日（星期四）　　三十七周＋五天

　　终于进入预产期了，据说随时都可能生产。

　　我觉得姐姐的肚子差不多大到了极限，看着都让人担心：肚子这么大，内脏还能正常运转吗？

　　我们三个人在盛夏时节的闷热的家里，静静地等待着，等待着不知何时会降临的那一天。我只能听到姐姐摇晃着肩膀直喘粗气、姐夫用水管往院子里洒水、电风扇无力地摇头的声音。

　　等待，往往会让人产生轻微的恐惧和不安。等待阵痛的时候，也是如此。姐姐那脆弱的神经不知会因阵痛破碎成什么样子，一想到这个我就感到非常可怕。真希望这个炎热而安静的下午能永远持续下去。

　　不管天气多热，姐姐还是吞噬着刚刚做好的、烫嘴的葡萄柚果酱，大口大口地吞下去，从不细细品味。低着头的侧脸，看上去很哀伤，仿佛在呜咽。为了不让眼泪流出来，她一刻不停，一勺勺往嘴里送着果酱。越过姐姐望向院子，绿色植物都被太阳晒得打了蔫儿。周围的蝉鸣声一直没有间断过。

　　"真想看看，姐姐会生出一个什么样的孩子？"

　　我低声说道。她在一瞬间停下吃果酱，慢慢地眨了眨眼睛，但什么都没回答，又接着吃了起来。我的脑子里一直在想象着那些受了伤害的染色体的形状。

八月十一日（星期三）　三十八周+一天

　　我打工回来，看到桌上有一张姐夫的留言条："阵痛开始了，我们去医院了。"

　　这简短的留言，我看了好几遍。留言条旁有一把沾着果酱的小勺，我把它扔进了水池，然后思考接下来该做些什么，最后又看了一遍留言条，出了家门。

　　外面的一切景物都笼罩在阳光下。汽车的挡风玻璃和公园喷水池的水花反射出耀眼的光芒。我垂下眼帘，一边擦着汗，一边走。两个戴草帽的小孩从我身边跑了过去。

　　小学的校门关着，校园里空空荡荡。过了小学有一个小花店，里面既没有店员，也没有客人。玻璃橱窗里，霞草在微微摇曳。

拐过弯，走到头就是 M 医院。正如姐姐说的那样，只有这里的时间是停滞的。多年来一直封闭在我记忆中的 M 医院，现在就在自己的眼前。大门旁边有一棵大樟树，玄关的玻璃模糊不清，招牌上的字已经斑驳。四周没有一个人，只有我的身影清晰地映在玻璃里的马路上。

我顺着围墙绕到医院的后面，看到了预料之中已经破损的后门。不知为什么，我清楚地知道：那扇门肯定是坏的，还没有修好。果不其然，门上的合页仍旧像以前那样掉了一半。

为了不被钉子挂破衣服，我小心地从门缝里钻了过去，里面是铺着草坪的院子。轻轻地踏上修剪得整整齐齐的绿色草坪，小时候那种怦怦心跳的感觉又复苏了。我用手抹去额头上的汗，抬起头仰望 M 医院。所有的玻璃窗一齐发出耀眼的光芒，刺得我眼睛直疼。

我慢慢地走近建筑物，马上闻到了窗框的油漆味。没有人影，也没有风，除了我之外没有任何在移动的东西。即使不用纸箱垫脚，我也能轻而易举地看到诊室里面了。大夫和护士都不在，房间里就像放学后的理科教室一样昏暗。我凝目细看，一一确认了药瓶、血压计、矫正胎位示意图和超声波诊断仪。我的脸贴着玻璃，玻璃是温热的。

仿佛听到了婴儿的哭声，那柔弱颤抖的嘤嘤哭声是从远离阳光照射的地方传来的。侧耳倾听，那声音就被直接吸入了耳膜中，耳朵里一阵刺痛。我向三楼望去，一个穿睡衣的女人正看着远处。她肩膀的曲线映在玻璃上，散乱的头发遮住了脸颊，使得她的面部变成了苍白的影子。我看不清她是不是我的姐姐。她微微张开暗淡的双唇，眨了眨眼睛。脆弱无助，一如哭泣时眨的眼睛。我想仔细看清楚，但玻璃窗反射的太阳光遮挡了我的视线。

我循着婴儿的哭声走上楼梯。每走一步，木楼梯就窃窃私语般地发出吱呀吱呀的声音。尽管我的身体因天气炎热而疲惫不堪，可是，抓着扶手的手和吸入婴儿哭声的耳朵却十分凉爽。草坪一点点远离了我的脚下，那绿色光谱变得越来越浓，越来越强了。

婴儿一直哭个不停。我打开三楼的门，一瞬间，外面的光线被遮住，我感到有些眩晕。我全神贯注，倾听着波浪一般不断涌来的哭声，呆呆地站了一会儿，才渐渐看清长长延伸的昏暗走廊。我迈开脚步朝着新生儿房间走去，我要去看望姐姐被 PWH 伤害的婴儿。

学生宿舍

　　我意识到那个声音的存在，并非很久以前，但若说是最近的事，又无法断言。在那条连接过去的时间的感觉带上，不知怎么，有一个地方总是很模糊。它，就悄无声息地栖息在那里。有时我会突然发现，原来自己在倾听那个声音。它是什么时候从哪里来的，我不清楚。它总是不期而至，就如同在透明培养皿里的培养液中的微生物，突然间描绘出精妙的斑点花纹一样。

　　也不是随时随地或者想听的时候就能听到的，只有在某个特定的瞬间才能听到那声音。坐在末班公交车上眺望街景的时候，我听到过；在冷清的博物馆门口，从脸色阴郁的低着头的女人手中接过入场券的时候，我听到过。它就是这样莫名其妙，不请自来。

只有一点是共通的：每当听到那个声音的时候，我往往在心里回想某个特殊的地方，同时还伴随着微微的心痛。那里有一栋破旧的学生宿舍，宿舍是普通的钢筋水泥制的三层小楼。从宿舍楼暗淡的窗户玻璃、发黄的窗帘和四处裂缝的外墙，就可知它已经相当破旧了。虽说是学生宿舍，却看不到任何能够让人联想到学生的东西，比如摩托车、网球拍、旅游鞋等等。只有楼房的轮廓清晰地坐落在那里。

不过，它又不同于一般的废墟。因为我真切地感觉到那栋已经开始风化的水泥建筑里还有着人的气息。是的，有热乎乎的气息和节奏静静地渗入我的皮肤里。

我离开学生宿舍已有六年多了，现在还能这般清晰地回想起来，正是由于那个总是突如其来的声音。

它只存在于我回想到学生宿舍的极短的瞬间。那时，我的脑海里变得像茫茫雪原一样纯白，那个声音就在万里云霄之外的天际轻轻地回响。其实，能否把它叫作声音，我自己也没有自信。也许称之为"震动""水流""痛楚"什么的，更贴切一些。无论怎样动员我所有的神经，都没能捕获它的真面目。

总之，关于那个声音，无论是其源头、音色还是声响，一切都是模模糊糊的。因此我找不到恰当的语言来形容。但有时候因为它太模糊不清，令我心生惧怕，就想着好歹找个东西来比喻一番。就像一枚硬币沉入了冬天的喷水池池底，它与一滴水碰撞发出的微乎其微的声音；就像从旋转木马下来后，淋巴液在耳朵深处的蜗牛管中鼓动的声音；就像恋人打来的电话挂断后，暗夜从自己握着听筒的手中流过的声音……可是，即便我这样比喻，又有多少人能够理解我所听到的那个声音呢？

在一个冷风飕飕的初春下午，表弟出乎意料地给我打来了电话。

"那个，突然给你打电话，真是不好意思。"

我一开始竟没有听出对方是谁。

"已经十五年没见了，你也许已经不记得我了。小时候，你很喜欢我的。"

他的声音似乎有些紧张，好像不知该如何来介绍自己。

"我是每年元旦和暑假，在乡下奶奶家，你常常带着一起玩儿的表弟……"

说到这儿，我终于想起了他。

"啊，真是好久不见了。"

没想到是表弟的电话，我吃了一惊。

"是啊。"

表弟好像放了心，长长地舒了一口气，接着又用恭敬的口吻说道：

"今天打电话，是想求你一件事。"

我一时间没反应过来自己面对的状况。和我岁数相差很多的表弟，十五年没有来往，现在突然打来电话，说有事求我，一时半会儿还真弄不明白是怎么一回事！无论怎么想也想不出我能帮他什么忙，没办法，我只能等着表弟开口了。

"是这样，今年四月份我要上大学了。"

"哟，你都这么大了！"

我不由得叫了起来。记得最后一次见到他时，他只有四岁。

"因此我需要找个住的地方，可是怎么也找不到合适的，特别着急。所以，就想到来求你帮忙。"

"我吗？"

"是的，我记得你曾经住过一个很不错的学生宿舍。"

听他这么说，我不得不再追溯一下往事了。从十八岁到二十二岁在学生宿舍度过的四年，已经被我置于非常遥远的过去，就和跟表弟一起玩的记忆一样。

"没想到我住学生宿舍的事，你知道得这么清楚啊。"

"嗯。虽说和你没什么联系，但从亲戚的议论中，还是会听到一些消息的。"

表弟回答道。

的确，那里也许是一个不错的学生宿舍。不拘泥于特定的思想、方针和规则，漂散着某种守旧而平静的气息。不仅如此，房东似乎连利润都不在乎，租金便宜得叫人不敢相信。

运营那个学生宿舍的，既不是企业，也不是法人，是个人。所以称为出租屋，也许更合适一些。但是，那里又的确是个学生宿舍。大厅有着高高的天花板，沿着走廊墙壁装有暖气管，院子里有一个用砖砌成的小花坛……所有的配置都和"学生宿舍"这个词语非常吻合。要是换了"出租屋"之类的词语，我可回想不起这些景象来。

"不过，宿舍离车站很远，房间又小又旧，而且我毕业已经很长时间了。"

我首先列举了一大堆不好的地方。

"没关系的，我不在乎这些。因为我没有钱啊。"

表弟直率地说道。他很小的时候，他的父亲，也就是我的舅舅就病死了——这也许成了我们表姐弟疏远的缘由。所以，他在意花费多少也是很自然的。

"我明白了。从花费方面考虑，那里无疑是首选了。好的，你就放心吧。"

"是吗?"

表弟欣喜地说道。

"我回头跟它联系一下。那里常年空着好几个房间，不太旺。所以，我想你不会住不进去的。就怕太便宜，它可能已经倒闭了。这样吧，在你找到住处前，先住在我家好了。你随时可以来东京。"

"谢谢你。"

我感觉到电话那边的表弟在微笑。

就这样，我又和学生宿舍发生了关联。

首先，我要给学生宿舍打个电话，但是电话号码早忘了。只得怀着不安的心情，翻开按职业分类的电话号码簿。这么小的学生宿舍，能不能查到呢? 没想到它还真的登在电话号码簿上了。在诸如"设施非常完备，有空调、安全防范设备、健身设施、隔音钢琴室等等。房间均带浴室、卫生间、电话、抽水马桶。环境优美，位于绿地环抱的街心"这类花里胡哨的广告之中，我发现了宿舍的电话号码。

接电话的是先生。他既是宿舍的经营者，也是住在宿舍里的管理人。我们这些住宿生一向都叫他先生。

"我是在您那里住了四年、六年前毕业的××……"

我一通报自己的姓名，先生马上就想起了我。

他说话的腔调一点也没有变。那种令人印象深刻的腔调与他的形象牢牢地连接在一起，存在我的记忆中，所以听到他毫无变化的声音，我就放心了。他一边像深呼吸似的慢慢地吞吐着气息，一边用嘶哑的嗓音说话，让人感觉虚无缥缈。我甚至担心自己会被带进他的气息的深渊。

"是这样，我有一个今年春天上大学的表弟，在找住的地方。我想让他去您那里住，不知行不行？"

我简短地说明了情况。

"是这样啊……"

先生说到这儿叹了一口气。

"有什么不方便吗？"

"不，不是那个意思。"

他还是欲言又止。

"是不是宿舍关门了？"

"倒是没有关门，宿舍现在还在。因为我只有这么一个住的地方，所以，只要我还住在这儿，宿舍就在运转。"

他在说"运转"这个词的时候，特别用力。

"只是运转的形式或者说状况，和你住宿的时候不太一样了。"

"您是说'状况'吗？"

"对，我不知道该怎么对你解释，连我自己都搞不明白。总之，现在处于复杂而困难的状况中。"

电话那边的先生轻轻地咳嗽了一声。听着那咳嗽声，我在心里想：学生宿舍到底陷入了怎样复杂而困难的状况呢？

"我说一下具体的情况吧。首先，现在住宿的学生少得可怜。你住宿的时候虽说空房间也不少，但总还行，现在比那时候可差得远了。所以，食堂开不了伙了。你还记得在厨房干活的那个厨师吗？"

我一边回忆在狭长的厨房里默默干活的厨师，一边回答"记得"。

"我已经把他辞退了，非常可惜，他做饭那么好。还有，澡堂也不能每天烧水了，只能隔天烧一次。洗衣店和酒馆的人也不来揽活了。赏花郊游和圣诞节晚会等宿舍的一切活动都停止了。"

先生的声音越来越小了。

"这些变化，对宿舍的经营也没有多大的影响啊。谈不上多么复杂，或是多么困难吧？"

我很想给他鼓把劲儿。

"对，你说得没错。这种具体的变化本身没有任何影响。我刚才说的只不过是我想要告诉你的最表层的情况，就跟头盖骨差不多。问题的本质隐藏在大脑最里面的小脑的最里面的松果体的最里面的脑髓里。"

先生小心翼翼地斟酌着词语说道。我一边回想小学理科教科书上的《大脑的构造》，一边想象着学生宿舍目前所处的状况，却没有成功。

"我只能告诉你这么多了。总之，这个学生宿舍正在发生特殊的变化。但是，它还不至于接收不了像你表弟这样希望住到宿舍来的人。所以，请不用顾虑，叫你表弟来吧。我很高兴你还没忘记这个学生宿舍。请转告你表弟，来的时候记得带上户口本复印件和大学入学证明，对了，还需要保证人的签名。"

"我知道了。"

我依然不太明白，点着头放下了电话。

那年春天，三天两头儿的阴天。每天，天空仿佛都被关在冰冷的毛玻璃里似的。公园里的跷跷板、车站广场的花卉钟以及车库里的汽车都蒙上了一层暗淡之色。这个城市一直未能摆脱冬天的阴影。

我的生活也被卷进了这种季节的瘀滞之中，在同一个地方来回地打转。早晨睁开眼睛后，继续赖在床上消磨时间；好不容易起来后，简单做一点早饭吃；整个白天，我几乎都在做拼布手工，那也不过是把碎布头摆满一桌子，然后把它们一块块地缝起来而已；晚饭随便凑合一顿；晚饭后看一个晚上的电视。没有任何约会，没有限期完成什么的压力，也没有必须要做的事情。日复一日，我打发着时间，犹如被水泡发了似的无聊时间。

眼下我还不必为各种生活琐事而烦恼操劳，也算是被"判了缓刑"。丈夫为铺设海底油田的输油管道去了瑞典，等到那里的生活都安排好之后，他会接我过去。在此之前，我就在日本待着。于是，我就像蚕一样将自己封闭在这突然降临的时间真空里。

瑞典是什么样的地方呢？一想到这个我就觉得不安。对于瑞典的食品、瑞典的电视节目、瑞典人的长相，我都一无所知。每当想到以后必须移居到那个人生地不熟的抽象的地方时，我就在心里希望现在的缓刑期能再延长一点。

一天夜晚，风雨交加，电闪雷鸣。我长这么大从未听到过如此巨大的雷声，起初还以为自己在做白日梦呢。几道闪电划过群青色的夜空，随即听到类似玻璃窗柜翻倒在地的稀里哗啦的刺耳声音。从远处袭来的雷鸣在屋顶上空炸裂，不等消失，紧接着又炸开了第二个。接连不断的雷声很近，听上去似乎用手就能抓到一样。

暴风雨无止无休。我躺在床上盯着漆黑的夜空，几乎以为自己身在海底。屏住呼吸细看，才看到漆黑的夜空也在微微地颤抖。夜空中，无数黑暗的粒子胆怯地相互碰撞着。我虽是一个人在家，但一点不害怕。被暴风雨包围着，反倒感到了心情平静。那是自己将被送往远方的一种安宁。我恍惚觉得，这场暴风雨将把我带到遥远的地方，自己一个人根本不可能抵达的遥远的地方。不过那里究竟是什么地方，我并不清楚，只知道是一个风平浪静、无比清澈的所在。我侧耳倾听着风雨声，凝视着黑暗的夜空，想看清楚那个遥远的地方。

暴风雨后的第二天，表弟来了。

"你来了，欢迎。"

　　我好久没和他这种年龄的年轻人说过话了，所以，寒暄之后就不知道该再说什么。

　　"给你添麻烦了。"

　　表弟慢慢低了下头。

　　他长高了很多。脖子、手臂和手指的线条很舒展，肌肉匀称，比例良好，深深地映在我的眼里。但是，令我印象最深的还是他的微笑。他一边用左手食指托住银色的眼镜框，一边低头微笑，从左手的缝隙里漏出轻柔的气息。那确实是微笑，但由于他垂着眼帘，看起来又像长长的叹息。每当表弟微笑的时候，我就不由得盯着他看，不愿漏掉任何细微的表情。

　　我们断断续续地开始了交谈。谈到了他母亲的近况，他从四岁到十八岁期间发生的重大事件，以及我丈夫不在国内的原因。

　　开始的时候，每段对话间都隔着长长的沉默，令人不堪忍受，以至于我会经常毫无缘由地"嗯、嗯"点头，或者假装咳嗽两声。当话题转到在乡下老家度过的童年时光时，我的话终于也渐渐多了起来。尤其令人吃惊的是，我和表弟一起经历过的事情，他都记得格外清楚——很多事情的前因后果和情节虽然是空白，但是一个个场景的色彩却鲜明地印刻在他的脑子里。

"记得在檐廊上跟奶奶一起择豆角时，经常有河蟹爬到院子里来。"

表弟回忆起了一个在乡下的夏日午后。

"是啊。"

他说的这件事，打开了我儿时记忆的闸门。

"一看到河蟹，我就大叫'表姐，快抓'。"

"没错。我还说它能吃，你不相信，特别吃惊地问，它不是活的吗？那时候你以为只有死螃蟹才能吃呢！"

表弟呵呵地笑了起来。

"表姐把螃蟹放进开水锅里，它们拼命挣扎，挥动大钳子在锅里乱挥，一会儿就没有动静了。于是，河蟹从混浊的红色变成了发着亮光的纯粹的红色。我特别喜欢在昏暗的厨房里，看着从活螃蟹变成熟食物的过程。"

就这样，我们确认着彼此共有的各种回忆。有时候说着说着，他会露出那令人印象深刻的笑容，让我不由得想和他聊更多。

表弟几乎没带什么过来，所以必须去买一些住宿必备的东西。我们把需要买的东西在论文纸上列了个单子，按重要程度排了序，制订了一个在非常有限的预算内购买尽量多的东西的计划。由于预算少得可怜，所以只能牺牲许多，并想方设法用别的方案来弥补。于是，为了买到物美价廉的东西，我们搜集各种信息和线索，跑遍了东京。比如排在购物单首位的自行车，我们花了半天时间，转了五家自行车店，才买到了一辆既结实又便宜的二手车。至于书箱，我从仓库里拿出我原来的那个重新油漆了一下。而教科书和参考书，都是我送的，算是祝贺他考上大学。

这趟精打细算的购物之行令我倍感亲切，也使我们之间更加亲近了。看着购物单上的项目一件件被划去，我们两个人都沉浸在达成了共同目标的喜悦之中。而且，正因为目标微不足道，我们才感觉分外融洽。

一直像蚕一样昏昏沉沉的生活突然出现了波动。我为表弟精心制作了一日三餐，陪他去买所有的东西，还带他游览了东京的名胜。做了一半的拼布手工，被卷成一团塞在了缝纫盒里。五天时间，一眨眼就过去了。

到了办理入住申请的日子。我们换了三次电车，花了一个半小时，在东京郊外的一个小站下了车。

自从大学毕业离开那个宿舍后，我还是第一次来这个小站。和六年前相比，小站的整体氛围没有什么变化。出了检票口就是一个斜坡，派出所门口站着一个年轻的警察，高中生骑着自行车从商店街穿过。这些也没变，总之，就是个很普通的街道。

"宿舍的先生，是个什么样的人？"

站前的嘈杂声远去了，我们走进住宅区时，表弟问道。

"其实，我也说不清楚。"

我实话实说。

"只知道他是宿舍的经营者。不过，'经营'这个词，适不适合那个学生宿舍，还真不好说。宿舍绝对不赚钱的，可是它跟宗教也不挨边，又不是为了逃避税收，那么大的一块地，为什么不更加有效地加以利用呢？"

"对我这个穷学生来说，倒是求之不得的。就理解为是一种慈善精神吧。"

"也许吧。"

一对双胞胎小学生在路边打羽毛球。他们俩长得一模一样，根本区分不出来。两个人打得都很好，羽毛球画着弧线，来回飞舞。公寓的露台上，一个女人正在晾晒小孩的被子。工业高中的球场上传来金属球棒击球的声音。这真是个令人心旷神怡的春日午后。

"他多大岁数啊？"

　　表弟这么问的时候，我才意识到自己从来没有想过先生的年龄。无论怎么努力回忆试图想起他的相貌，也只朦胧地觉得他已经不年轻了。这也许是因为他总是孤独一人，自成体系的缘故吧。与家庭无关，与社会地位无关，与岁数无关，他和任何人、任何事物都没有关联，他不属于任何地方。

　　"也许已经过了人生的一半了吧。"

　　我只好这么回答。

　　"总之，我对先生还很不了解。当时虽然住在宿舍里，但也很少见到他。只有交住宿费的时候，还有去告诉他楼梯的灯泡坏了、洗衣房的下水道堵了的时候，才能见到。不过，你不用担心。有一点是肯定的，他不是那种让人讨厌的人。"

　　"知道了。"

　　表弟点了点头。

　　那个雷雨交加的夜晚之后，春天突然来临。尽管天气依旧阴沉沉的，但是微风和煦，看起来天不会再冷了。表弟把装着办入住手续用的各种材料的纸袋紧紧地夹在左胳肢窝下面。远处传来了小鸟的叫声。

　　"有一件事，忘了跟你说了。"

我终于说出那件一直想说而没敢说的事。表弟歪着脑袋，低头看我，等着我说下去。

"先生的两只手和一条腿，都没有了……"

"两只手和一条腿，都没有了?"

短暂的沉默之后，表弟语气平静地问道。

"对，或许更直白一点地说，他只有右腿。"

"怎么会这样呢?"

"不知道，大概是因为什么事故吧。宿舍里流传着很多版本，有的说是被冲床轧掉的，也有的说是因为交通事故。但是，谁都不敢去问他真正的原因是什么。两只手和一条腿被截断，不管是什么理由，肯定都是很让人心痛的。"

"是啊。"

表弟低头看着脚下，踢了一颗小石子。

"先生什么都自己做。吃饭，换衣服，外出，就连启罐头和使用缝纫机都是靠自己。所以，你不会很快意识到他缺了两只手和一条腿。看到他动作自如的样子，你甚至会觉得没有两只手和一条腿没什么大不了的。但是冷不丁见到他那个样子，我怕你会吓一大跳。"

"是啊。"

表弟又踢了一颗小石子。

　　我们拐了几个街角，穿过人行横道，走上了一条坡道。美容院的橱窗里摆着过时的假发，有幢房子外挂着手写的"教授小提琴"招牌，东京都都立出租蔬菜园散发着泥土的味儿，我们从它们前面走过。一切的景致都是那样熟悉。真是不可思议，我以为和表弟不可能再见，但现在我们正一起走在这熟悉的景致中。与表弟小时候在一起的记忆和在学生宿舍度过的记忆，就像水彩颜料一般融合在了一起。

　　"一个人生活，会是什么感觉啊?"

　　表弟突然自言自语似的说道。

　　"你担心吗?"

　　我问他，表弟摇了摇头:

　　"没有什么可担心的，只是心里有点紧张。每当生活中出现什么新情况时，我总是这样。父亲死的时候是这样，喜欢的女孩转学时也是这样，还有看到可爱的小鸡被野猫吃掉时也是这样。"

　　"是啊，一个人生活，也许就和丢了什么东西时的心情差不多。"

　　我抬头看着表弟。表弟正凝神望着远处，那里是灰蒙蒙的寥廓天空。他这么年轻，就已经失去了小鸡、喜欢的女孩和父亲这些重要的东西了，我在心中暗想。

"不过，一个人生活时即使再寂寞，也不会因此而伤心的。这一点和丢失东西时的感觉不一样。因为哪怕东西全都丢了，自己这个人还活着呀。所以，我觉得人一定要相信自己，不要因为自己一个人生活感到悲哀。"

"我差不多明白了。"

表弟说道。

"所以，你不要太紧张嘛。"

我在他的背上轻轻地拍了一下。表弟用手托了下眼镜架，露出了那独特的、令我为之一振的微笑。

就这样，我们有一句没一句地边走边说着话，朝学生宿舍走去。除了先生的身体之外，我还有一件放心不下的事。学生宿舍正在发生特殊的变化——先生是这样说的，但是什么意思，我又该怎么对表弟说明呢？不过，还没等我得出结论，我们已经拐过了最后一个街角，到达了学生宿舍。

学生宿舍，的确很破败了。

虽然整个外观没有多少变化，但从一些细微之处，比如大门的把手、楼梯的扶手以及楼顶的电视天线，都能看出这里已经破旧不堪了。不过想想自己都毕业这么久了，也是可以理解的。这里被一片幽深的寂静笼罩，这片寂静中有着某种难以言说的力量，已经不是放春假没人这个理由可以解释的了。

我愣愣地伫立在门前，最初的亲切感已经被这片寂静压倒了。院子里杂草丛生，自行车棚一角滚落着一只头盔。一阵风吹来，满院子的野草发出沙沙声，随风摇曳。

我窥视着一个个窗户，想看看里面有没有人。几乎所有的窗户都像生了锈似的关得紧紧的，仅有几扇开着，露出褪了色的窗帘。阳台上积满了灰尘，地上扔着空啤酒瓶和晾衣夹子。

我一边抬头望着学生宿舍楼，一边朝表弟靠近了一步。彼此的肩膀碰在了一起。我们互相对视，用目光沟通后，才小心翼翼地跨进了学生宿舍。

奇怪的是，宿舍里面并没有多少变化。大门口的蹭脚垫，只能使用十日元硬币的老旧公用电话，合页坏掉的鞋柜，它们都一如从前。不过因着那片笼罩在这里的寂静，它们看上去就仿佛都是寂寞地耷拉着脑袋。

没有一个学生。越往里走，寂静的密度越增加，我们的脚步声被不断吸入水泥天花板中。

先生的房间在食堂对面。正如先生说的那样，没有了厨师的食堂好像很久没有使用，所有的东西都干燥极了。我们俩一步一步地慢慢穿过那里。

表弟敲了一下房门。不一会儿，随着一阵咔嗒咔嗒声，门被打开了。先生弯着腰，用下颌和锁骨夹着门把，歪着头拧开了门—— 一如从前。

"欢迎你们!"

"初次见面。"

"好久不见了。"

我们无法握手，所以互相寒暄着，低头行了礼。

先生像六年前一样，穿着深蓝色的和服，左腿戴着假肢，两只袖子依然空荡荡地垂在两边。他用肩头示意了一下沙发，说:"请坐吧。"和服的袖子微微摇晃着。

当年我在宿舍里住，碰到有什么事情必须找先生的时候，都是在他的房间门口办理的，进到房间里面还真是第一次。我好奇地打量着房间里的布局。用一句话来形容的话，这是一间紧凑而使用便捷的房间。所有的东西，仿佛都经过严格的计算摆放在相应的空间。不管是书写用具、餐具，还是电视机，都放在便于先生使用下颌、锁骨和右脚的最佳位置上。先生水平视线以上的空间里，什么东西也没有。啊，不对，还有天花板一角上一个直径十五厘米左右的污垢。

　　表弟提交了相应的材料，手续很快就办完了。表弟住进这个学生宿舍没有任何问题。至于"有特殊的变化"这一点，先生没有对他提及。听完千篇一律的说明后，表弟一笔一画地在保证书上签了字。"我保证，在这个学生宿舍里，度过幸福的学生生活。"保证书非常简洁。"幸福"，我在心里重复了一遍。真是抒情的字眼，难道说过去我也签过这样的保证书吗？可是，怎么也回忆不起来。无论是从先生手中接过保证书的画面，还是"幸福"那个词语，我都没有一点印象。我意识到，自己已经把一些与学生宿舍相关的重要东西给遗忘了。

　　"好了，"先生开口道，"我去沏点茶来。"

　　他的声音和以往一样，略微有些嘶哑。表弟一开始没弄明白先生的意思，用不安的眼神看着我。的确，先生沏茶，这个情景想象起来还是很有难度的。别担心，先生什么都会做的，我用目光这样告诉表弟。他紧张地闭上嘴巴，将视线移回先生身上。

　　桌子上按特定的间隔依次摆放着茶叶罐、茶壶、暖瓶和茶碗。先生以左腿假肢作为支撑，轻轻地抬起右脚放在桌子边上。动作很快，只是很短的一瞬，稍不注意都会看漏。于是,他的右脚像棉花一样柔软,轻飘地放在了我们面前。因身体极度弯曲而不自然的姿势与抬起右脚时优雅的动作形成了强烈的反差,使我们深感惊异。

然后,先生像拧门把那样,用下颌和锁骨打开茶叶罐,往茶壶里倒了一点茶叶。这一连串的动作也做得很优美。从力度大小、茶叶罐倾斜的角度到茶叶的量,都非常完美。他那曲线柔和的下颌和结实的锁骨,成了一组训练有素的关节,准确地运作。我盯着看了一会儿,恍惚觉得它们就像是从先生身体上独立出来的奇特生物似的。

稀薄的光线透过面朝院子的窗户射了进来。用砖砌成的质朴花坛里开着一排郁金香,一片橘黄色的花瓣落在地上。除了右腿、下颌和锁骨外,他身上的其他部位都没有动。

我和表弟宛如观看庄严的仪式一样,等待着先生的下一个动作。先生用脚尖按下暖水瓶的按钮,把热水灌进茶壶,然后用大脚趾和二趾夹住茶壶倒了三杯茶。沏茶的声音如潺潺流水,回响在寂静的房间里。

先生的右脚非常漂亮。他的脚要做的事比我的要多得多,却非常洁净,连一块伤疤或黑斑都没有。厚实的脚背,温暖的脚底,细长的脚趾,透明的趾甲。我逐一鉴定着他那只漂亮的脚，还从来没有这么近距离地盯着别人的脚看过。我甚至都想不起自己的脚长什么样子了。

先生要是有手的话，会是什么样的呢？大概掌心宽大而厚实，十指修长笔直吧，而且他的手也会像他的右脚脚趾一样，小心地包裹住各种东西。我想象着先生衣袖下已经成了透明空间的地方的那双手。

沏完茶后，先生咳嗽了一声，把脚放了下来。

"来，请喝茶吧。"

他好似有些不好意思地低下头。我们点了一下头，说了声"谢谢"，就喝了起来。表弟像祈祷似的，双手捧着茶碗慢慢地将茶喝干了。

看了给表弟安排的房间后，我们就告辞了。先生把我们送到大门口。

"好的，过几天再见。"

先生说。

"我很喜欢这个宿舍。"

表弟这样说道。先生鞠躬时，假肢发出嘎吱嘎吱的声音。那犹如伤心低语般的声音，紧紧地包裹住我和表弟。

表弟搬到宿舍里去住的日子很快就到了。说是搬，其

实就是把我们买的东西装进纸箱，用快递送去罢了。一想
到表弟走后，自己将重新回到那种像蚕一样的生活，就不
由得叹了一口气。我磨磨蹭蹭地帮他收拾东西，尽量拖延
时间。

"大学的课和高中完全不一样吧，不知道我能不能跟得
上。我还担心第二外语的德语。表姐，你辅导辅导我吧。"

"对不起，我学的是俄语。"

"是吗？太遗憾了。"

正在收拾行李的表弟显得很快活，尽管嘴里说什么
"担心""遗憾"之类的。等待他的，是自由的新生活。

"有什么困难马上告诉我啊，比如钱不够啦，得了病
啦，还有迷了路的话。"

"迷路？"

"打个比方嘛。你可以常来我家吃晚饭，给你做好吃
的。还有，要是谈女朋友的话，我也可以帮你参谋参谋，
这方面我特别有经验。"

表弟很高兴，微笑着一一点头答应。

就这样，表弟将要一个人去学生宿舍住了。不知为什
么，这小小的分别竟然让我觉得心情很沉重。表弟身穿毛
衣，右手提着手提包，在明媚的阳光中走远，逐渐变成一

个光点。看到他的背影消失，我心里很难受，也很担心，只能一眼不眨地盯着远处。那个光点像雪花似的融化了。

表弟一走，我的生活又恢复了原状。每天早上赖床不起，吃饭凑合，埋头做拼布手工。我从缝纫盒里拿出还没做完的拼布，用熨斗把它们一一熨平，然后把一块块布缝缀起来。不管是方格的，还是涡纹图案的，我只管把紫色和黄色的布头拼接起来。由于太专注于缝缀本身，竟然常常忘了自己缝的是什么。这时候就得打开样纸查看："哟，原来是床罩啊。""嘿，这不是壁饰吗?"松一口气，继续缝缀起来。

每次看到自己拿着针的手指时，我就会想起先生那好看的右脚，想起先生那不知失落在何处的梦幻般的手指、花坛里的郁金香、天花板上的污痕和表弟的眼镜框。先生、学生宿舍和表弟，这三者连成了一体。

开学典礼后不久，我去学生宿舍看望表弟。那天天气很好，樱花花瓣像小蝴蝶一样飘落到地上。

可是，表弟还没从学校回来。我只好在先生的房间里等他。我和先生坐在檐廊上，一起吃我给表弟带去的草莓蛋糕。

尽管新学期已经开始，宿舍里依然很安静。偶尔听到里面似乎有人走动，马上又被风声遮盖了。我住在这儿的时候，宿舍里经常能够听到收录机里流淌的音乐声，笑声，或是摩托车的马达声。可是现在，那些充满生气的声音已经被打扫得无影无踪了。

今天花坛里开放的郁金香是橘黄色的，上次来的时候是胭脂红的。一只蜜蜂在杯形花瓣里出没。

"他还好吗？"

我看着摆在檐廊上的草莓蛋糕问道。

"嗯，很好。每天他都把教科书夹在自行车后座上，意气风发地去学校。"

先生回答道，然后用脚趾夹着叉子叉了一小块正好一口吃下的草莓蛋糕。

吃甜食用的叉子与先生的右脚很协调。脚腕的曲线、脚趾灵巧的动作、趾甲的光泽和叉子的银色巧妙地融为了一体。

"听说他进了手球部，是一个很有前途的运动员。"

"哪里，他打得没有那么好。高中时，他在县里只排在第二名、第三名的水平。"

"不，他的身材很适合搞体育，像他身材那么好的人不多见。我的眼光错不了。"

说着，先生用右脚把颤颤悠悠的蛋糕送进嘴里，慢慢运动着下颌珍惜地咽了下去。

"第一次见到一个人时，我不会去注意那个人的穿着和人品，感兴趣的只是他的身体，作为器官的身体。"

他说着叉起了第二块蛋糕。

"上臂的肱二头肌左右不对称，无名指第二个关节有扎伤的疤痕，脚脖子已经变形……这些特征我一眼就能注意到。这是技术。我回忆人的时候，首先想起的是由他的手、脚、脖子、肩膀、胸部、腰、肌肉和骨架构成的身体，没有脸。尤其是年轻人的身体，就更了解了。因为我干的就是这种工作。但我没想以此做些什么，就跟看医学辞典似的。很奇怪吧？"

我既不能点头又不能摇头，只得目不转睛地盯着那个银色叉子。他咽下了第二块蛋糕。

"由于我没有双手和左腿，无法理解两只胳膊和两条腿是如何配合的。所以，对别人的身体产生了兴趣。"

我看到先生伸在檐廊下的假肢微微露出来一点。那是一根颜色灰暗的金属，被静静地包裹在和服里面，前端套着布袜。看样子，先生很喜欢吃草莓蛋糕，连粘在叉子和嘴唇上的奶油都一口一口地舔干净了。我的脑子里交替闪过藏于暗处的旧假肢和松软得入口即化的草莓蛋糕。

"所以，我确定他的身体是非常棒的。抓住白皮球的有力的手，跳起击球时弓着的脊柱，阻挡对方的长胳臂，长传时强韧的肩胛骨，飞溅在体育馆地面上的汗珠……"

关于表弟的身体，先生好像有描述不完的词语。我怀着不可思议的心情，听着从他残留着甜味的嘴里，不断迸出来诸如"脊柱""肩胛骨"之类的词语。我从未思考过表弟的肩胛骨。在这栋冷清的学生宿舍的房间里，莫非先生一边使用着下颌、锁骨和右脚，一边想着青年学生器官齐全的身体吗？这肯定是一件非常痛苦的事。

阳光照在院子里的绿树上，熠熠闪光。微风吹拂着。刚才在郁金香中飞来飞去的蜜蜂穿过我们中间，飞进了房间，落在天花板上那块痕迹的正中间。痕迹好像比上次见到时又大了一圈，它如同几种绘画颜料混在一起，在天花板上染出了一个暗淡的圆。蜜蜂透明的小翅膀在那圆圆的痕迹上飞快地扇动着。

最后，先生一口吞下了蛋糕顶上的那颗草莓。

表弟好像一时半会儿还回不来。我注意听着自行车的声音，却只能听到蜜蜂翅膀扇动的声音。

"咳，咳，咳。"

先生咳嗽的声音很轻。

那天我没见到表弟。他给宿舍打来电话，说是学校里临时有要紧的事，回来会很晚。

我第二次去学生宿舍是十天以后。这次我带去的是苹果派，可是，还是没能把它亲手交给表弟。

"刚才，他来电话了。说是从大学回来的路上，电车发生事故，停在半路上了。"

正在用竹扫帚打扫院子的先生告诉我。

"是什么事故？"

"卧轨自杀。"

"是吗……"

我把苹果派的白纸盒抱在胸前，为连续两次都没见到表弟叹了一口气，眼前还浮现出像熟透的西红柿一样被压碎的肉体、粘在碎石上的头发、散落在枕木上的碎骨。

春天的柔和包裹着一切景致，连扔在院子角落里的破自行车也享受着微风的吹拂。苹果派的包装盒散发着微微的暖意。

"你好容易来一趟，坐一会儿再走吧。"

"谢谢。"

我低头致谢。

院子里并不太脏，先生却认真地打扫着。同一个地方，他要扫好几遍，仔细地把垃圾归拢到一处。他低着头，用脖子和肩膀夹住扫帚，虽然在扫地，看上去却像是在思考什么特别烦恼的事似的。

竹扫帚和地面摩擦的声音，一下一下，传进我的耳朵。我抬头看表弟的房间，只见阳台上晾着一双手球鞋。

"真安静啊。"

我对先生说。

"是的。"

竹扫帚的声音还在继续。

"现在，宿舍里一共有多少学生啊?"

"非常非常少。"

他谨慎地回答。

"今年除了表弟，还进来几个新生?"

"只有他一个。"

"是吗，空房间这么多，宿舍里够冷清的吧。记得我在这儿住的时候，有一年元旦没有回家，害怕得都睡不着觉。"

"……"

"没有登广告吗，招收住宿生的?"

"……"

先生沉默着。邮递员的摩托车从宿舍前的路上穿过。

"因为有些谣言。"

他突然开口说道。

"谣言?"

我吃惊地重复了一遍。

"对，就是因为那些谣言，学生减少了。"

先生像给我讲故事似的讲述起来。

"二月里，有一个住宿生突然消失了。用'消失'这个词是最合适的，因为他就那样销声匿迹了，就好像被吸入空气中去了。一个头脑、心脏、说话能力和手脚都好好的人，怎么会这样轻易地消失呢? 我觉得非常不可思议。而且他没有任何人间蒸发的理由。他是数学专业一年级的学生，曾经得过该专业的最高奖学金，这个奖学金只有前百分之一的学生能得。他的朋友也很多，有时还和女朋友约会。父亲是地方大学的教授，母亲是童话作家，还有一个岁数相差很多的可爱妹妹，非常完美的家庭环境。不过，环境和失踪原因也许没有任何关联。"

"没有发现别的线索吗？比如留言或信什么的。"

他摇了摇头。

"这些警察都详细地调查过，说他有可能卷入了什么事件。可是，没有发现任何相关的证据。他只带了一本数学教科书和一本练习册，再也没有回来。"

这时，靠在先生肩膀上的扫帚啪的一声倒在地上，他没有去捡它，继续说下去。

"我也被警察叫去接受过调查，他们怀疑我。他们详细地询问了他失踪前后五天我的情况：我和他说过的每句话，看了什么书多少页，谁打来电话什么内容，吃了什么，上了几次厕所，等等，问得详细无比。他们把这些情况都记录下来，重新抄写，反复地推敲琢磨，就好比一粒一粒地筛选海边的沙子一样。调查五天的生活花了三倍于五天的时间，弄得我筋疲力尽。安假肢的地方都化了脓，钻心地疼。尽管如此，却一无所获。他一直没有再出现。"

"先生受到怀疑，是怎么回事呢？他们觉得您对他做了什么吗？"

"不知道，警察大概是认为我做了什么吧。人们只是看到我被警察叫去问话，就胡乱猜测起来。当然，不是当着

我的面说的，他们在暗地里传着，更阴暗，更恶毒。因为
这些谣言，几乎所有的学生都离开了这个宿舍。"

"真是太过分了。"

"所谓人言可畏啊。而且，我那本记录日常生活的、厚
厚的记事本也不知道被搞到哪儿去了。一想到这事，就觉
得特别失落。"

先生闭着眼咳嗽了两三声后，对我说了声"抱歉"，又
接着咳嗽了几声。咳嗽很难止住，重重地在胸腔里回响。
他弯着腰，脸朝下痛苦地喘着气。

"您不要紧吧?"

我走近先生，摩挲他的背。这是我第一次接触他的身
体。和服又厚又粗糙，下面的后背却很脆弱，好像一碰就
会散架似的。每次咳嗽时，我的手掌都跟着剧烈地颤抖。

"您还是回房间休息一下吧。"

我扶住了他的肩膀，没有手臂的肩膀感觉很窄。

"谢谢你。最近我常常这样咳嗽，胸口很难受。"

先生在我的臂弯里一动不动地站着。我们保持着这个
姿势，伫立了好一会儿。蜜蜂在脚边飞着，时而轻轻地飞
起来，小心地靠近我们，但马上又飞走了。

阳光洒满院子的各个角落。黑乎乎的学生宿舍楼，只

有玻璃窗反射着阳光，不停地闪烁。那闪烁的玻璃窗后面有人不知去向，我在这儿按摩着先生的背，表弟因卧轨自杀事件而被耽搁在某个车站，这三件事浮现在我的脑海中。毫无关联的三件事，仿佛都融合在了玻璃窗的闪烁之中。

待呼吸稍稍平稳后，先生对我说：

"要是你不反对的话，我想请你一起去看看他的房间。"

对于他这奇怪的提议，我一时不知该如何回答才好。

"我经常去他的房间察看，想发现一些新的线索。像你这样第一次进他的房间，说不定会有意想不到的发现。"

先生好像又有些喘不过气来了。我使劲地点了点头。

不过，在那个房间里，我什么线索都没有发现。

房间里的陈设很平常，有桌子、椅子、床和衣柜。收拾得不算很整洁，但也说不上脏乱，一眼可以看出曾经有人在这里住过。床单上有褶皱，椅背上随意搭着一件毛衣，写着一些数字和记号的笔记本摊在桌子上面。看起来就像是他在学习的中途去附近买汽水了。

书柜里，数学专业书籍、推理小说和旅行指南混放在一起。墙上挂的日历仍旧是二月份，上面写着不少事项：提交伦理课小论文的截止日期、研讨小组联欢会、家教的日子等等。从十四日到二十三日，标着箭头——滑雪。

"你怎么看？"

先生环视着房间问道。

"对不起，我只能看出他是一个健全的学生。"

我低着头这样回答。

"是吗？请不要在意。"

他说道。

好半天我们都没有说话，只是伫立在房间中央。好像只要我们在这儿站着，他就会现身似的。

"他是滑雪前一天失踪的，也就是十三日。"

先生先开了口。

"他一直期盼着这次滑雪旅行。估计是刚开始学滑雪，兴趣正浓的时候。我对他说我也喜欢滑雪，于是他很有兴趣地询问我左脚穿的什么样的鞋，怎么拿雪杖，等等。在这一点上，他是非常天真纯洁的。"

我用食指抚摩着日历上十三日的地方，感觉很粗糙，还有点凉。书柜旁边立着一个装在布套里的滑雪板。从手提包的口袋里可以窥见一张夜行巴士的车票。

"他的特征在左手手指上。"

先生仿佛为了挽留残存在房间里他的身影似的，目光深沉地说道。

"你是说，左手手指吗?"

"对，他是个左撇子，做什么事都用左手。梳头发，困的时候揉眼睛，拨电话号码，都是左手。他经常在这个房间，请我喝香甜的咖啡。他冲的咖啡特别好喝。我们就是并肩坐在这张桌子前。"

他说着在桌子前的转椅上坐下，假肢发出嘎吱嘎吱的声音。

"我看他坐在这儿解过数学题。不是那种特别专业的难题，就是日常生活中很有意思的问题，比如小小的眼睛为什么能看到那么大的富士山，怎样才能用一个小手指敲响庙里的吊钟。之前，我都不知道这些问题还能用数学来解答。"

我用手拍着先生的背，附和了一声。

"'先这样想，问题就简单了。'这是他的口头禅。不管我提的问题多么简单，多么可笑，他绝对不会烦，反而会乐呵呵地给我解答。他左手握着削得尖尖的 H 铅笔，一边说着'这里既然是这样，就要用这样的公式'，一边写出一串数字和各种符号，字迹饱满而工整，特别清楚。最后总是奇迹般地突然得出一个简洁的答案来。他在答案下面画两条线，用温和的目光看着我，仿佛在说'怎么样，很有意思吧'。"

先生深深地换了一口气，待呼吸平稳后又继续说起来。

"他用左手拿着铅笔，不像在写数字，而像在织东西。我觉得，从他那美丽的左手写出来的'∞'、'∴'等数学符号就像是精致的工艺品，连那些早已司空见惯的数字也特别可贵了。虽说我要一边喝咖啡，一边听他的讲解，还要欣赏他左手的动作，简直忙得顾不过来，心里却很幸福。他的手不像一般男人的那么粗犷，手指细长而柔软，肤色白皙但不透明。就像是经过多次品种改良后，在温室里精心培育出来的植物一样。手指的每个部分都有表情。无名指的指甲在微笑，大拇指的关节垂着眼睛……你听懂了吧?"

由于先生的语调过于亢奋，我只能回答说"听懂了"。

我又环视了一遍他留下的那些东西，看着他那只纤细的植物一般的手拿过或摸过、握过的铅笔刀、夹子和圆规等东西。桌子上的笔记本是用得最多、令人感觉最好的一件东西。我在心里想，他的手再也不能抚平床单的皱褶，再也不能把毛衣放进抽屉，再也不能解开数学题了。

先生又咳嗽起来。他趴在桌子上，仿佛在哭泣似的、伤心地咳着。咳嗽声久久地回响在这个房间里。

第二天，我去了图书馆，想查找有关他失踪的报道。图书馆很小，位于公园的角落，小孩子们常来这里借小人书和连环画。

我借阅了二月十四日以后的所有报纸，仔细查阅地方版的短消息。报纸堆得像一座小山。

报纸上刊登着五花八门的事件：有家庭主妇在油漆浴室时中毒身亡的，有小学生被关进大件垃圾场的冰箱里，六十七岁的婚姻骗子被捕，吃了毒笑菇的老太太被送进医院……在我不知道的地方，世界在复杂地运行着。不过不管多么残忍的案件，我只觉得在看轻松的童话。因为现在最重要的，是他的左手。

报纸小山不见降低，我一直没有发现他的左手。我的手被油墨弄黑了，眼睛也疼起来。中毒、窒息和诈骗虽然时有发生，却与他的左手毫无交集。窗户射进的光线有些刺眼，太阳已经偏西了。

不知过了多长时间，当我的脑子陷入混乱的时候，有个人拿着一串钥匙站在我面前。

"已经到闭馆时间了。"

他不好意思地对我说道。

"对不起。"

我赶紧把报纸整整齐齐地摆好放了回去。外面已是一
片漆黑。

回到家一看，丈夫来了一封信。黄色的漂亮信封上贴
着一张印有白人女性的邮票，邮戳上是几个外文字母。信
是从外国寄来的，静静地横躺在邮箱里。

这封信很长。丈夫在里面非常详细地描述了他赴任的
瑞典的海边小镇，以及我们将要入住的大房子，还有些无
关紧要的琐事：在星期六早市能买到新鲜的蔬菜，站前面
包店的面包特别好吃，从卧室看到的大海总是波涛汹涌，
院子里常有松鼠光顾，等等。在最后一页上，写着几条我
出发前必须要做的事：

- 更换护照
- 联系搬家公司做报价
- 通知邮局搬迁后的新地址
- 去部长家告别
- 每天慢跑（要多锻炼身体，这边的天气寒冷潮湿）

这封信我反反复复地看了好多遍。常常读到一半又返

回去，一行字能看上十来遍，看完之后，再从头看起。即便这样，还是无法完全理解信上的内容。"早市""松鼠""护照""搬家"等等词语就好像是一些难以理解的哲学用语。对我来说，现在那个失踪学生的笔记本上的数学公式要真实得多。笔记本上面映出了咖啡的热气，他的左手，还有先生凝视的目光。

黄色信封里包裹着的瑞典，和在学生宿舍的房间里咳嗽着的可怜先生，这两个毫不相干的元素，不知为什么同时出现在我脑子里。我只好把航空信塞进了抽屉的最里面。

过了十天左右，我去看望先生。这次带去的是奶油布丁。表弟因为手球集训，去了不知是哪里的高原地区。

外面久违地下起了雨。先生躺在床上，看到我在枕头旁的椅子上坐下，就十分小心地支起了上半身。我把布丁盒放在床边的小桌上。

躺在床上的先生显得更加瘦弱。缺少了两臂和左腿的地方形成空洞，平时不会注意到，此刻却特别醒目。我的目光锁定住那个空洞，久久地盯着看。长时间凝视着不存在的东西，只觉得眼睛都发疼了。

"您感觉怎么样？"

"还好吧。"

我们俩微笑着对望。先生的笑容很虚弱，转眼即逝。

"去医院看了吗?"

我问道。他默默地摇了摇头。

"请您原谅我多管闲事，不过，我还是觉得您应该去医院看一看，您看着很痛苦。"

"绝对不是多管闲事。"

先生摇了好几下脑袋。

"我朋友的丈夫是大学医院的大夫。虽然是皮肤科大夫，但是可以请他介绍专科大夫。当然了，我会陪您一起去的。"

"谢谢你。你这么为我操心，我真高兴。不过，不要紧的。对于自己的身体，我比一般人了解的精确好多倍。以前说过吧，我非常了解作为器官的身体。"

"真的不要紧吗? 很快就能好起来吗?"

我叮问道。

"正相反，已经治不好了。"

先生轻轻松松吐出这句残酷的话，我一下子没能明白他说的是什么意思。

"我的身体只能越来越差了。就和癌症或肌肉萎缩症一样，已经无法阻止。不，也许我的情况更加简单。由于长时间用这样不正常的身体生活，各个部位都已经积重难返了。就好比橘子箱里只要有一个烂橘子，周围的好橘子都会跟着烂掉一样。现在，我的肋骨已经变了形，好几根重要的肋骨都向内扭曲，已经压迫到肺和心脏了。"

他仿佛在安抚潜藏于胸腔内部的病灶，用缓慢的语调说着。我找不出任何安慰的话，只好用眼睛去追逐沿着窗户玻璃流淌的水珠。

"我只去过一次医院。宿舍的毕业生中有一个整形外科的大夫，我在他那里拍过胸片。你见过自己的胸片吗？普通人的肋骨就像用尺子测量过一般，左右对称而舒展，心脏和肺都很舒适地被包裹在肋骨里面。可是，我的肋骨却惨不忍睹，像遭了雷击的大树树枝那样，已经弯曲变形了。而且，越是靠近心脏的部分，肋骨变形得越厉害，几乎要扎进心脏去了。于是，我那可怜的肺和心脏就像吓得发抖的小动物似的，被挤进了一个窄小的空间。"

先生为了调整呼吸，深深地吸了一口气，喉咙里发出呼哧呼哧的声音。他一沉默下来，寂静就飘落在我们之间。我一滴一滴地数着窗户玻璃上的水珠。水珠连续不断地滴落着。

"难道就没有办法控制住肋骨的变形吗？"

数到五十滴的时候，我将视线从窗户移开，问道。

"可能已经来不及了。"

先生立刻答道。

"要是一直这么平躺着的话，也许会好一点。不过，也只能是维持。"

"做手术呢？"

"再怎么做手术，失去的胳臂和腿也不会复原的。只要用下颌、锁骨和右腿生活，肋骨还会不停地变形的。"

"一点办法都没有吗？"

我一个字一个字地问道。先生微微颤动着睫毛，慢慢地眨了一下眼睛，算是回答。

雨一直悄悄地下着。雨声很轻微，几乎让人误会雨已经停了。不过定睛细看，原来还在下。

花坛里开着淡紫色的郁金香。说起来，我每次过来都能看到不同颜色的郁金香在开放。濡湿的花瓣宛如口红一般，晶莹艳丽。和平时一样，花坛里有蜜蜂在飞。下雨天蜜蜂也出来吗？我突然闪过这样的念头。我从来没有见过被雨淋湿的蜜蜂，但它们确实是蜜蜂。

蜜蜂在被雨浸湿的风景中自由地飞来飞去。有时突然飞上高处，从我的视野里消失，有时躲进低矮的草丛，半天也不动弹。所以，我无法数清楚到底有几只蜜蜂。不过那些蜜蜂的轮廓、颜色和动作都清晰地映在玻璃上，我甚至能看见它们透明得似要溶化一般纤细翅膀上的花纹。蜜蜂一再犹豫着，慢慢地接近郁金香，然后下定决心，猛地抖动腹部的条纹，停在花瓣边缘最薄的地方。它们的翅膀和雨滴融为一体，闪烁着亮光。

　　长时间沉浸在寂静之中，仿佛都能听到蜜蜂的振翅声。我凝眸观察它们，于是最初被雨声包裹的模糊不清的声音，渐渐变得清晰了。一动不动地仔细倾听时，振翅声犹如柔和的液体，一点点渗进我的耳朵深处。

　　突然，一只蜜蜂从窗户缝里撞了进来。那是为了换气开着的窗户。它贴着天花板一直飞到角落的那块圆形痕迹上，停了下来。圆圆的痕迹比以前又大了一圈，颜色也变深了。纯白的天花板上，它明显地在扩大，让人无法忽视。被雨淋湿的蜜蜂贴在那痕迹的中央。

　　那个圆圆的到底是什么痕迹啊，我正要发问的时候，先生先开了口："我想请你帮我做一件事。"

　　振翅声立刻远去了。

　　"您请说。"

　　我用双手扶在他那缺失了右手的地方。

"你能喂我吃药吗?"

"当然可以。"

我从床头柜的抽屉里拿出一袋药粉,拿起水瓶往杯子里倒了水。那些零零碎碎的生活用品都被悄然移到从床上就能够得着的地方:电话从门口移到了枕头边,盒装纸巾从电视机上移到了脚边,茶具从厨房移到了床边小桌上。这些不经意的移动对先生意味着重大的变化,即扭曲的肋骨正迫近心脏。我看着从水瓶里流出来的细细水柱,意识到这一点,不禁心里一阵发冷,哆嗦了一下。

"这药要是有作用就好了。"

我这样说道,想稳定自己的情绪。

"说是吃药,其实是自我安慰。这种药是松弛肌肉、镇定神经的。"

先生的表情没有变化。

"就一点办法都没有了吗?"

我又重复了刚才的问题。他思考了片刻回答:

"我以前对你说过,学生宿舍在走向无法挽回的质变过程中,现在正是。质变需要一段时间,不可能像开关那样突然就切换。学生宿舍的空气在不断扭曲。你肯定没有感觉到吧,这是只有身处其中的人才能体会到的。自己正走向哪里呢？当我意识到的时候已经无可挽回了，回不去了。"

先生说完，微微张开了嘴。他的嘴不大。我原以为男人的嘴应该更有生气，然而他的嘴唇、舌头和牙齿都很小。柔软的嘴唇里，牙齿就像一排大小相同的种子，舌头蜷缩在喉咙处。

我把药粉慢慢地倒进他的嘴里。随后，先生用下颌和锁骨接过杯子，像平时那样，自如地喝下了一口水。下颌和锁骨的协作还是那么优美，我想到了先生扭曲变形的肋骨，想到了 X 光片上即将扎入心脏的白色的不透明的骨头。

我的心仍然冷得瑟缩着，像蜜蜂的翅膀那样颤抖不停。

丈夫又寄来了一封航空信。

"准备得怎么样了？没收到你的回信，我很担心。"

信的开头是很温暖的词句。接下来，他比上一封信更加详细而明快地介绍了瑞典的超市、植物、美术馆和交通状况。最后又列出了几件我需要做的事：

· 和电话、水电、煤气公司联系解约事宜

- 申请国际驾照
- 结清税金
- 预约杂物储藏室
- 尽量多买一些真空冷冻和软包装的日本食材（我对
  这里味重过咸的食物已经开始腻了）

　　加上前一封信的，我要做的事一共有十件。为了把它
们梳理一遍，我一件一件地读出了声。但是，这么做也没
有什么作用。我搞不清楚该怎样排序，应该从哪件事做起
才能到达瑞典。

　　我把信放进抽屉，拿出了拼布手工。尽管现在根本不
需要什么床罩和壁饰，但是除此之外，又有什么可干的
事呢？

　　蓝色格子拼接黑白波点，再缀上大红素色，右上角点
上绿色的蔓草花。正方形，长方形，等腰三角形，直角三
角形。拼布的版图越来越大。当我在静静的夜晚，独自一
个人缝缀布头时，就会听到不知从哪儿传来的蜜蜂的振翅
声。这是在先生房间听到的振翅声的余音，还是单纯的耳
鸣？不管它多么微弱，都准确无误地穿过了我的耳膜。

　　我从振翅声联想到被雨淋湿的蜜蜂，想到郁金香、淌

落雨滴的窗户玻璃、天花板上的痕迹、药粉以及先生的肋骨。但是，无论如何也联想不到瑞典。

　　从那以后，我每天都带着不同的点心去学生宿舍看护病人。蛋糕、曲奇、巴伐利亚布丁、巧克力、果味酸奶、奶酪甜点……到最后，我都不知道该带什么去好了。郁金香每天开放出不同的颜色，蜜蜂飞来飞去，天花板上的痕迹一点点变大。先生的身体眼看着衰弱下去：先是不能出去买东西，紧接着做不了饭了，再过一天一个人吃饭也变得困难，连喝水都特别费劲，到了最后连起床都很吃力。

　　说是看护病人，其实我也没有做什么像样的护理，只是做一些简单的汤给他喝或者给他按摩一下背，剩下的时间就是坐在他枕头旁的椅子上。我只能眼睁睁地看着先生的肋骨发出咯吱咯吱的声音，越来越弯曲。

　　这是我第一次看护病人，而且是第一次眼看着一个人如此急速地衰弱下去。照这样下去，他会变成什么样呢？一想到这儿，我就觉得非常可怕。肋骨扎进先生心脏的瞬间，从已经冰冷的先生身上取下假肢时的沉重心情，以及学生宿舍中只剩下我一个人之后的深不见底的寂静，这些令我感到万分凄凉。可以依靠的人只有表弟了，我盼望着他能早点从手球队的集训地回来。

那天，从傍晚开始下起了雨。我把带去的奶油蛋糕喂给先生吃。他躺在床上，将毛毯一直盖到脖子，目光茫然地望着天花板。毛毯上下起伏着，他看上去呼吸很困难。我用食指和拇指把蛋糕揪成小块送到他的嘴边，他微微地张开嘴，然后像等着它溶化似的，一直紧闭着嘴，也不咀嚼。我的手指不断地触碰先生的嘴唇，他终于吃完了一块蛋糕。我的食指和拇指油亮油亮的。

"太谢谢你了，蛋糕很好吃。"

先生这样说道，嘴唇上还残留着甜味。

"不用谢。"

我微笑着说。

"难得有人喂给我吃，更觉得好吃了。"

先生躺在床上的身体一动都不动，看着就像被缝在了床上一样。

"下次我再给您买。"

"好啊，如果我等得到的话。"

最后一句话，几乎是与叹息一起说出来的。我不知道该如何回答，只能装作没听见，瞧着自己指尖上的黄油。

过了一会儿才发现外面下雨了。花坛里的郁金香在摇曳，蜜蜂的翅膀也被打湿了。今天的郁金香是深蓝色的，犹如蓝色墨水洒出来一般的、毫无杂色的深蓝色。

"这郁金香的颜色真奇怪啊！"

我轻声说道。

"这是我和不知去向的他一起种下的。"

先生回答。

"有一天，他带了满满一口袋的球根回来。说是从花店后门的垃圾堆里捡来的，都像树种子那么小。当时我想，肯定没有几个能发芽的，没想到会开得这么好……"

先生只是转动眼珠，看向窗外。

"但他似乎一直坚信一定会开花的。那天，他先搬了个旧桌子摆在院子的向阳处，把球根都摆在桌子上面，然后仔细地数了数，按颜色分类，并在脑子里计算怎样栽种可以最大限度地利用花坛的空间。他计算得又快又准。对于他这个数学专业的学生来说，也许算不了什么，可对我来说就不得了了。因为有好几种颜色的花，数量又都不同，然而经过他的计算，居然一个不剩地全部栽进长方形的花坛里去了。"

夜色从房间的角落扩散开来。放在厨房餐桌上的蛋糕盒子已经沉入了昏暗之中。先生的视线又回到天花板上，非常专注地继续说着，仿佛根本没有注意到我的附和及简短的插话。

"让球根吸收了足够的阳光之后，我们把它们种在了花坛里。花坛由于长期不种东西，土壤都板结了。他一边用水壶喷着水，一边用铲子仔细地松土。那把铲子就像小孩玩沙子的玩具那么小，没办法，宿舍里只有这把小铲子。这一连串的作业，当然都是用他的左手完成的。花坛里的土壤，眼看着变得松软起来。"

我不再附和，专心地听他讲述。

"到移栽的时候了。他按照算好的间距，挖了许多五厘米深的坑，然后把球根放在左手上伸到我的面前。他交替地看着球根和我，静静地微笑着。我轻轻地点点头，用下巴把球根推下坑去。他沾着土的左手，与握着 H 铅笔写许多数字时一样美。汗津津的手上沾着泥土，一颗颗小土块沐浴在阳光下。手指红红的，那是握铲子的把儿留下的痕迹。球根依托在他的掌心里，我的下巴慢慢接近他的手心，这是我最激动的瞬间。他的指纹，微微透明的血管，热乎乎的皮肤触感，以及他的气息，一股脑儿地扑面而来。我极力克制着自己，不让他发现我的热切，屏住气息用下巴去推那些球根，球根扑通一声掉进坑里。"

先生目不转睛地盯着空中的某个地方，叹了一口气，接着说了一句：

"对不起，请让我休息一会儿。"

说完，他就闭上了眼睛。

夜色在不断地扩张。我们之间只剩下了床单模糊的白色。雨包裹着夜幕，下个不停。

先生很快就睡着了，平静而舒坦。我挨个地看着挂钟、靠垫、杂志架、笔筒等房间里的各种东西，等着眼睛习惯降临的黑暗。房间里的东西好像都睡着了似的，没有任何声音。

在这寂静中，突然有什么东西振动了我的耳膜。我马上意识到是蜜蜂。那声音并不是时强时弱，它一直以相同的波长持续着。我耐心地侧耳倾听，确实听到了翅膀摩擦时发出的嗡嗡声。外面的雨声沉淀在声音下面，没有与之发生交集。现在，我的内心只听到蜜蜂的振翅声。就像听学生宿舍里放的音乐那样，我倾听着这单调而绵长的声音。窗户外面，蜜蜂与郁金香都隐没在夜幕下。

这时，一滴水滴落在我的脚边。由于它是从我面前缓缓滴落的，所以即使是黄昏时分，我也清楚地感知到它的大小和浓度。我抬头往天花板上看去，那个圆圆的痕迹不知什么时候像变形虫那样扩张到了我们的头顶上，速度快得惊人。不只是面积扩大了，厚度也增加了。那水滴正是从痕迹的正中央，慢慢滴落下来的。

"这是什么呢？"

我自言自语。可以肯定它不是雨滴那样清爽的液体，比雨水黏稠得多，落下来之后，很难被地毯吸收，一直浮在地毯的绒毛上。

"先生。"

我轻轻地叫了一声，先生没有反应，仍然在沉睡。蜜蜂的振翅声一直没有间断。

我提心吊胆地伸出了手。第一滴从我的中指指尖擦过，鼓起勇气又往前伸了一点，于是，第二滴落在了我的手心里。

那东西不凉也不热，只觉得黏糊糊的。我犹豫着是用手绢擦掉，还是直接搓揉掉，又或者就这样一动不动地摊着手掌。它还在滴落，吧嗒吧嗒。

"这东西，究竟是什么呢？"

我拼命地思索。先生睡着了，表弟去集训了，那个数学专业的学生失踪了。我现在真是孤单一人了。

"用H铅笔解答数学题、用小铲子栽种郁金香球根的他的美丽的左手,到底去了哪里呢?"

吧嗒,又一滴。

"为什么会开出颜色那么怪异的郁金香呢?"

吧嗒,又一滴。

"为什么我每次来都见不到表弟呢?"

吧嗒,又一滴。

与水滴一起,各种各样的疑问也跟着冒了出来。

"为什么先生能够对表弟的肌肉、关节和肩胛骨,描绘得那么详细呢?"

我渐渐感觉胸口堵得慌,摊开的手掌也越来越麻木,越来越沉重了。没有去处的液体积存在我的掌心里。

"这东西也许是血吧。"

我说出了声。蜜蜂还在不断振翅,嗡嗡嗡,我听不清自己说的是什么。

"没错,摸着像是血液。我摸过这种血液吗?迄今为止自己见过鲜血最多的一次,是一个年轻女人被汽车轧死在眼前的时候。那时我十岁,正从滑冰场回家。高跟鞋、破烂的长筒袜和柏油路上都是鲜血,黏糊糊的一大摊,就和这液体一样。"

我一边叫着先生，一边摇晃着他的身体。

"先生，请醒一醒！"

地毯上沾着血，拖鞋尖上也有血。

"先生，请醒一醒！求求您了！"

先生的身体变成了黑乎乎的一块，在床上摇晃着。失去两臂和一条腿的身体轻飘飘的，我都能抱得起来。一遍又一遍，我叫着先生。但是，他却在我怎么也够不着的遥远的深渊里沉睡不醒。

"表弟到底去了哪儿呢？"

我想起这个至关重要的问题。我急切地想见到手托眼镜框、犹如叹息一般微笑的表弟。我强烈地感到必须尽快找到他。

我摸索着走出先生的房间，跑上楼梯。电灯都关着，暗夜笼罩了学生宿舍的每一个角落。我顾不得黏糊糊的手心和脏了的拖鞋，在宿舍楼的黑暗里跑着。心怦怦乱跳，气也喘不上来，耳朵深处的嗡嗡声一直有节奏地回响着。

表弟的房间锁着门。我用两手握住门把，又是拧，又是按，又是拽，使出浑身解数都没能打开。门把手也立刻变得黏糊糊的。

于是，我又跑到那个数学专业学生的房间去。那扇门一下子就打开了。里面的情形和上次看到的完全一样，没有任何变化。滑雪板、夜行巴士的车票、扔在椅子上的毛衣和数学笔记本，还是沉睡着在等他。为慎重起见，我还看了一下衣柜里和床底下，但是什么也没有发现。表弟不在那里。

"看来，还是应该去源头的天花板上找一找。"

我的意识很清楚，就像在解读一行诗一般。一个台阶，一个台阶，这回我很小心地走下楼梯，从门口的鞋柜里拿出手电筒，走出了宿舍楼。

在院子里来回走动，头发和衣服都被雨湿透了。蒙蒙细雨像一个巨大的蜘蛛网罩住了我。雨点冰凉冰凉的。

我找来扔在院子里的空啤酒箱，找到先生房间的通气孔正下方，一个一个摞了起来。浑身湿淋淋的，脚底下的啤酒箱晃晃悠悠，而且只有自己一个人，可奇怪的是，我一点都不害怕。可能是走火入魔了，我安慰自己说，这也没有什么。

通气孔的盖子生了锈，很重。我一松手，它就沉甸甸地掉下去，砸进了地里。受反作用的影响，啤酒箱也跟着晃了几晃。我紧紧地抱住通气孔。雨水浇在我的眼睛、面颊和脖子上。抬起头眺望天空，只看见雨。我用湿滑的手指，好不容易才打开电筒的开关，向里面照去。

那里面有一个巨大的蜂巢。

刚看见它的时候，我没有马上辨认出那是个蜂巢。因为它突兀地建在一块平坦的地方，而且大得令人难以置信，当然，我也从来没有仔细地观察过蜂巢。它就像一颗不停长大的畸形果实一般，表面布满了细小的刺，有着平缓的曲线。由于蜂巢太大，无法保持住它应有的形状，出现了好多裂缝。

从那些裂缝里溢出了蜂蜜，蜂蜜像血液一样黏稠，静静地流淌着。

我听着嗡嗡声，眺望着眼前的蜂巢，想起了沉睡着的肋骨扭曲的先生，有着美丽左手的失踪的学生，用完美的肩胛骨击球的表弟。一个一个，他们好像都被慢慢地吸入学生宿舍的某个无底洞里去了。我朝蜂巢伸出手，迫切地想要拽住他们。蜂蜜在我的手指够不到的地方一刻不停地流淌着。

傍晚的配餐室和雨中的游泳池

我和赳赳一起搬来这个家，是在一个被雾笼罩的初冬的早晨。说是搬家，其实全部家当只有一个旧衣柜、一张写字台和几个纸箱子的东西，非常简单。

哐当哐当，我坐在檐廊上目送着小卡车消失在晨雾中。赳赳为了熟悉新家的气味，用鼻子嗅着走廊、水泥墙和玄关的玻璃门，不时地抬起小脑袋，哼哼着什么。

晨雾朝着一个方向缓缓地流动着，清澈透明，并不是那种包裹住一切风景、让人喘不过气来的浓雾。仿佛伸出手去，就能触摸到一层清凉的薄纱。

我靠着纸箱，久久地眺望雾霭，一直看着它渐渐变成了一滴滴乳白色的水滴。赳赳闻味儿闻累了，蜷缩在我的脚边。我感到背上发冷，撕开背靠着的纸箱上的胶带，从里面拽出一件开襟毛衣披上。一只小鸟笔直地穿过晨雾，飞上高空不见了。

最先看上这个房子的是他。

"旧了点吧？"

我摸着油漆已经剥落的防雨门说道。

"再怎么旧，看着还是很结实的嘛。"

他抬头看着粗大的柱子说道，那柱子黑亮黑亮的。确实，房子盖得很结实。

"煤气灶和热水器都太过时了。"

我试着扭了两三下煤气灶的开关，咔咔，只发出几声空响。厨房贴着瓷砖，擦得很干净。但是瓷砖多处残缺，裸露出里面的水泥，看上去就像精确计算出来的几何图形。

"这个不错，是德国制造。真是少见啊，居然是外国造的，样式还特别古典呢。"

他把视线转向不动产的女办事员。女办事员使劲点着头说道：

"您说得对，这煤气灶是十年前住在这里的德国留学生留下的，是地道的德国货。"

她说"德国"这个词时，特别用力。

"那就不用担心了，不容易出毛病的。"

他微笑着说道。

我们依次看了卧室、浴室和客厅，还查看了门的开合状况、自来水管的锈蚀程度以及电源插头的数量。一共没有花费多少时间。每个房间都很小巧，收拾得很干净。最后我们来到檐廊，他环顾着窗户外面的院子说道：

"好的，就要这个房子吧。这儿的话，赳赳也可以和我们住在一起了。"

院子里很荒凉，花坛里是空的，花盆里也是空的，没有任何人为加工的痕迹，只有三叶草繁盛而茂密。

"是啊，能和赳赳一起生活比什么都重要。"

我答道。

那个女办事员立刻高兴地向我们鞠了一个躬："太谢谢了。"

搬新家，赳赳是必须带过来的最重要的东西，除了它之外，没有任何必须要准备的。这是一桩被所有人反对的婚事，也只好如此了。

我们一提"结婚"这两个字，别人的脸色就会立刻阴沉下来，沉默不语。然后，他们考虑着措辞，小心地说："这种事，还是好好考虑一下吧……"

不看好的理由简单而庸俗。他有过一次失败的婚姻，连续考了十年司法考试但次次落榜，还患有高血压和偏头痛。而且，我们俩岁数相差太大，还都特别穷。

赳赳打了个哈欠。它卷曲的尾巴尖好像被雾打湿了，黑色和茶色相间的稀疏的毛湿漉漉地压在三叶草上。不知何时，雾已开始散去，微弱的阳光洒了下来。

我把目光转向堆放着的纸箱，想着该从哪儿开始着手整理。窗帘需要更换，厕所里要贴墙纸，壁橱里要铺防虫纸，等等。这个旧房子有着干不完的活。三周后，我们要举行只有两个人的结婚仪式。仪式后他就会搬来住。在这之前，我必须做完所有这些零零碎碎的事情。

不过，现在我只想看雾。没有必要着急，我要尽情地享受最后三周单身生活的乐趣。长长地吐了一口气，我用手指尖抓着赳赳的脖子，赳赳身上很热乎。

第二天下起了雨。

早晨醒来后，雨一直淅淅沥沥地下个不停。细细的雨丝没完没了地洒落在窗玻璃上。对面的住家、电线杆和赳赳的小木屋都乖乖地待在雨中。除了流淌的雨水之外，窗户对面看不到任何移动的东西。

整理纸箱几乎没有什么进展。我总是不由自主地读起那些陈年旧信，或是一页一页地翻看影集，不知不觉一上午就过去了。想吃点什么，但是厨房用具和餐具都不全，不能做什么像样的饭菜。外面下着雨，也懒得出去买东西。于是，我烧了一壶开水，冲了一包即食汤，吃了些紧急时食用的干面包。德国造的煤气灶果然非常好用。

还未习惯的屋里陈设，还有干巴巴的面包触感，使得外面的雨声听起来特别清晰。我想要听到他的声音，可是家里没有电话。也没有电视，没有收音机，没有立体声音响。无奈之下，我只好抱起了趴在大门口睡觉的赳赳。赳赳受宠若惊地扭着身子，高兴地摇着尾巴。

我决定下午重新油漆浴室。和其他房间一样，浴室也很紧凑，只有一个搪瓷浴盆、银色的水龙头和一个毛巾架。尽管没有多余的空间，可不知为什么，我一点都不觉得窄小。也许是因为顶棚高，还有一个大窗户的缘故吧。

我猜以前德国留学生住在这里的时候，浴室也许是非常浪漫的粉红色。因为瓷砖的边角上还隐约留有粉红色的痕迹。不过长时间受到热气和肥皂水的侵袭，那颜色基本上看不出来了。

我换了一件旧衣服，再在外面套上雨衣，戴上橡皮手套，打开了换气扇，把窗户完全敞开。外面还在下雨。

往墙上刷漆比想象的要容易得多，眼看着浴室就变得光鲜了起来。雨点不时飘进来，打在刚刚刷过的墙上。我埋头刷着，注意着不要涂花了。

差不多刷到一半的时候，门铃突然响了。这是我第一次听到这个家的门铃声，吓了一大跳。门铃声就像动物的哀嚎一般，特别刺耳。

开门一看，是一个三岁左右的小男孩和一个三十多岁、像是小孩父亲的男人。两人都穿着透明的雨衣，戴着帽子。他们的雨衣湿漉漉的，滴答滴答地淌着水。我赶紧把自己身上溅了粉红色油漆的雨衣脱了下来。

"下雨天贸然来打搅您，真是对不起。"

那个男人突然开口说道，没有说明事由，也没有通报姓名，我不知该如何回答。

"您是最近搬来的吗?"

"是啊。"

我含糊地回答。

"这一带靠近海边，既安静又安全，很适合居住。"

那个男人看着卧在地上的赳赳说道。

小孩紧紧地拉着父亲的左手，乖乖地站着。他的黄色雨靴上沾满了水珠，那是一双玩具似的小雨靴。沉默了片刻后，男人突然问道："您现在有什么难处吗？"

听到这句问话的时候，我意识到他是某宗教的布道员。这类造访者往往选择天气不好的日子，而且还带个小孩子，每次都让我感到不知所措。

但是，总觉得他们和我以前见到的宗教布道员不太一样，也不像是任何行业的推销员，让人感觉非常独特。

首先，他们是空手而来，没有拿宣传小册子、教典或磁带，甚至都没拿雨伞。手拉手，另外一只手直直地垂着。穿得朴实无华，看上去很谨慎。

再次，两人都没有微笑，丝毫没有一般宗教布道员那种特有的充满自信的纠缠人的笑容。当然，看上去也并非不高兴或者态度冷淡，只是没有微笑而已。

不过男人的眼睛里似乎透着忧伤。当你注视着他的眼睛时，会觉得他的视线将要融化，只留下飘忽的残影——尽管飘忽，却深深地浸入人心，令人不容忽视。

我极力想要回答他的问题，在心里反复思量着"难处"这个词。但它就像听不惯的哲学用语一样，让人不得要领。

两个人就这么淋着雨，看着我和赳赳。

"很难回答的问题啊。"

我终于说道。

"嗯，的确是。"

男人说。

"首先，我不知道'难处'的定义是什么。要说冬天的雨，被雨淋湿的靴子，趴在门廊里的狗，说是难处的话也算是难处……"

"不错，您说的有道理。任何事情，一旦要下定义，它就会藏起本来的面目。"

男人点了好几下头后，便不说话了。雨声淅沥。这真是让人不知所措的尴尬的沉默！其实也可以说一句"我现在很忙"，请他们离开的。实际上，我确实正在刷油漆呢。但是，我没有那么做，也许是因为他们看着有些异样吧。

"我必须回答你的问题吗？因为我觉得我和这个问题，和你之间都没有任何关联。你站在那里，问题飘在空中，我在这里，仅此而已。我想三者的关系不可能再发生什么变化了。就像不管狗愿意不愿意，该下雨还是会下雨一样。"

我低着头，摸着雨衣上的油漆。

"就像不管狗愿意不愿意，该下雨还是会下雨一样。"

男人低声重复了一遍我的话。赳赳仰起头，打了一个哈欠。

"您的回答可以说是很有见地的。看来我没有必要再打搅您了，真对不起。那么，我就告辞了。"

男人恭敬地鞠了一个躬，稍后，小孩也低下了头。两人消失在了雨中，没有丝毫强求，一点都不执着，走得很干脆。他们为什么登门造访？现在要去哪里？我想考虑一下这个问题，但马上就放弃了。油漆才刷了一半呢。我穿上雨衣，关上了大门。他们刚才站过的地方留下了两摊水。

往厨房墙上安装调味品架，给走廊打蜡，在院子的一角做花坛……不知不觉，几天就过去了。我屋里屋外地闷头忙活着。要干的活很多，最要紧的结婚仪式又迫在眉睫，独自一人也丝毫不觉得寂寞。即便如此，我也常想换换心情，于是就带着赳赳一起出去散步。

我们在街上到处转悠，一边找寻今后生活中需要的银行、美容院和药房。街道虽然算不上很热闹，店铺却还齐全，能够满足最起码的生活所需。时不时地，能和一些老人擦肩而过，他们与我们一样正悠闲地散步。

穿过弯弯曲曲的街巷，上了一个坡，看见一条土堤。那是一个没有风的明媚的下午。土堤对面，细长的海面和湛蓝的天空混为一色，上面漂浮着几艘货船。赳赳跑了起来，锁链反射着阳光闪闪发亮。所有的景物都被一股暖意静静包裹着。

沿着土堤向前走，海面越来越开阔，海燕就在眼前飞来飞去，近得仿佛伸手就可以抓到。一辆红色的邮政车缓缓驶过。土堤下面有一所小学校，是个很普通的小学，有着钢筋水泥的三层校舍和体育馆、木屐柜、兔笼子。赳赳突然斜穿过绿草茂密的土堤，它的目标是学校的后门。我也只好跟在后面走过去。结果，就看到他们也站在后门那儿。

除了没穿雨衣外，他们两人的打扮跟上次没什么两样，也没带任何东西，只是拉着手一动不动地站着。我以为他已经忘记我了，可是他很快郑重地低下了头，说："前些天打扰您了。"

"不会。"

我也慌忙低了一下头。

赳赳兴奋地围着我们转悠起来，狗链发出哗啦哗啦的声音。男孩儿的眼睛一直追逐着赳赳。

"您正在工作吗?"

我一边犹豫着用"工作"这个词是不是合适，一边说。

"不是的，也不是在工作，只是在这儿休息一下。"

男人回答道。

下雨那天因为穿着雨衣，我没看清他们的装扮。今天再见，发现他们穿着十分讲究的高档服装。男人是一身墨绿色的休闲西服，孩子穿着一件羊毛衫，下面还配了一尘不染的纯白高筒袜。在这午后灰蒙蒙的街上，算是惹人注目的打扮了。

"这狗好可爱啊!"

"谢谢。"

"叫什么名字?"

"叫赳赳。你的儿子也很可爱啊。"

"谢谢!"

"几岁了?"

"三岁两个月。"

说完这些后，就没有其他话题了。沉默像风一样潜入。我们之间只剩下"有什么难处吗"这句话了。我想在他再次说出这句话之前离开此地，却怎么也做不到。因为他眼中虚无茫然的阴影触动了我内心的某个角落。

　　小学的后门，可以说是杂七杂八各种声音的聚集之处。从音乐室传来的竖笛和风琴的合奏声、操场上传来的跑步声和哨子声、海上传来的隐隐约约的汽笛声，什么声音都能听到。我把视线挪到他们的脚下，倾听着每一种声音。赳赳在门柱旁边找到了一个中意的地方，蜷缩在那里。

　　"我能摸摸你的狗吗?"

　　男孩忽然开口问道。我还是第一次听他说话，声音清脆悦耳。

　　"当然可以了。你摸这儿，它特别喜欢。"

　　沉默终于打破了，我松了一口气，抚摩着狗的脖子告诉他。赳赳闭着眼睛，用它的粉红色舌头舔我的脸。男孩松开父亲的手，提心吊胆地从赳赳的屁股后面伸过小手来。胖乎乎的小手指有一半嵌入了赳赳的斑毛中。

　　"你来这个小学有什么事吗?"

　　我转向男人问道。

　　"没什么事，从这里看配餐室呢。"

　　他缓慢地说出"配餐室"几个字，就像在说一件特别重要的事情似的，朝后门对面的大窗户望去。

　　"你是说配餐室吗?"

　　"是的。"

他点了点头。

窗户里面确实是个配餐室。看样子午休刚刚结束，里面的人正在清洗餐具。好多个像鸟笼一样的巨大容器在传送带上流动着，里面装满了盘子、碗和勺子。它的速度和游乐园的旋转木马一样缓慢。传送带上有多处像游泳馆里的消毒浴室一样的平台，每到这些地方，"鸟笼"就要停留几秒钟。其间，从四个方向的喷头里喷出液体，使"鸟笼"变得朦朦胧胧看不清了。喷水停止后，挂着晶莹水珠的"鸟笼"又开始移动。

"孩子特别喜欢看这儿，每次都会不知疲倦地看很长时间。"

"唔，这儿有什么可看的呀？"

"不知道，小孩子有时候会被那些很平常的东西吸引。"

这是我第一次发现男人露出微笑，当然不是宗教布道员所特有的那种微笑，而是一种更朴实的微笑。那确实是微笑，但由于他的眼神给我留下了太过深刻的印象，他的笑容看上去也就宛如樱花花瓣一样脆弱纤细。

"这么可爱的小男孩儿，是怎么和配餐室产生联系的呢？"

"也许存在着我们无法想象的、奇妙复杂的线路吧。"

　　男人喃喃道。男孩渐渐不怕狗了，一会儿拽着赳赳的尾巴，一会儿趴在赳赳的背上。赳赳闭着眼睛，任凭他抚弄。

　　配餐室里的清洗工作仍在有条不紊地继续着。几个穿白色工作服、戴着口罩、系着头巾的工作人员，往来穿梭于传送带之间。有的在调节喷头的方向，有的把传送到终点的餐具搬进烘干机里。每个人都一声不响，动作麻利地干着活。机器、地板、窗户都被擦得锃亮。这里与其说是配餐室，更像是高效而精致的小工厂。

　　"还是上午的配餐室更有看头。"

　　男人说。

　　"真的吗？"

　　我们并肩伏在窗户上。

　　"当然啦，上午的操作更复杂，也更丰富。毕竟要做一千多人份的饭啊。上千个面包，上千只炸虾，上千片柠檬，上千瓶牛奶……你能想象吗？"

　　我摇了摇头。

　　"这么大量的食物摆在眼前的话，就连大人也会产生某种感慨吧。"

　　他用手擦去了窗户玻璃上的雾气。他的手就在我的眼前，手指细长柔软，似乎能感应到我的鼻息。

"上千个洋葱，十千克黄油，五十升色拉油，上百捆意大利面，它们在这里被处理掉。每一道工序经过准确的计算。这里引进了最先进的设备，当人们将程序设置为炸虾时——计算机控制室好像在二楼——机器们就会按照炸虾的程序忠实地运转起来，连切开虾背的也是机器哟。不可思议吧?"

他扭头扫了我一眼，又转向了配餐室。

"形状漂亮齐整的虾们，绷直了身子躺在传送带上。转到某个地方，落下一把刀直直插入虾背，没有丝毫的偏差。噗，嘎啦嘎啦，噗，嘎啦嘎啦，就这样重复。一直盯着看久了，你会觉得头晕。随后，它们分别经过各个平台，被裹上面粉、鸡蛋和面包渣。这个程序也没有丝毫的偏差。数据都是设定好的，非常精确，所以裹得很均匀。最后，它们一个接一个顺从地滑入油中，就像被催了眠似的。没有一只炸煳了，也没有一只半生不熟的，它们全都变成漂亮的金黄色。这时，就可以出锅了，一切都刚刚好。"

他慢悠悠地眨了眨眼睛。清洗工作还在继续着，没有人注意到我们。这时，从音乐教室传来了响板和角铁的敲击声。

"你的解说真是简洁易懂，现在我仿佛就看到上千只虾被炸得金黄，被传送带运过来，摆放得整整齐齐的了。"

"那太好了。"

他轻轻地撩了一下头发。一股男性化妆品的淡淡清香飘了过来，让我想起清澈湛蓝的海水。

"那么，这流水作业要持续到什么时候？"

"鸟笼"一个接一个地被传了过来。

"持续到孩子们放学的时候。"

"那些喷头里喷出来的，是清水吗？"

"第一个喷头里喷出的液体是含有洗涤剂的，之后的都是洗净用的清水。为了彻底洗掉洗涤剂，每个喷头的角度都有些不同。"

"是吗？你怎么都知道呀，像个配餐室评论家。"

"哪里。"

他难为情地微微一笑，笑容比刚才的幅度略微大了些。

"我已经在这个地区跑了近一个月，每天都会来这里一次。孩子不高兴的时候，或是想偷懒的时候，等等。我上次负责的地区，那个小学里没有配餐室，所以他感觉很寂寞。从这一点来说，这个小学是很不错的，是我们到目前为止看过的配餐室中最先进的了。"

我想不出什么合适的词语，只能点着头。真是从来没想过配餐室的规格什么的呢。

"你是到各个地区，进行劝导或者说传道这类活动的人吧？"

我斟酌着词语，谨慎地说。

"嗯，可以说是这样吧。"

他含糊其词。似乎一说到工作这个话题，就不想再谈论似的。比起"难处"，显然，他对"配餐室"这个词要熟悉得多。

大概是抚摸够了，感觉很满足吧，男孩挤进了我们俩中间。他的毛衣胸前还沾着赳赳的细毛。在阳光的照射下，每一根都闪着淡淡的光。

"爸爸，明天的食谱是什么呀？"

孩子的身体依偎在男人身上，手握住他的手。

"肯定是汉堡包。"

"为什么呢？"

"我看见他们从仓库里搬出了一个像巨大的刨冰机那样的机器，它用来把肉搅成肉馅，所以不会错的。"

"哇，真好玩儿。"

孩子原地跳了两三下，男人再次擦了一下窗户玻璃。

我久久地注视着映在玻璃上的他们父子的侧脸。

　　新家一点点成形了。朋友送来了贺喜的床罩，餐柜上摆好了洁白的餐具，洗衣机也安装好了。这些物件静静地等待着新生活的开始，俯首帖耳。

　　星期天，未婚夫过来给我做了一个晾衣架。他在院子里挖了两个深坑，把不知从哪儿买来的两根便宜方管稍稍处理了一下，插在坑里，再将锉得非常光滑的横杆搭在上面。于是就成了一个漂亮的晾衣架。我们对这个作品极为满意，坐在檐廊上观赏了好一会儿。

　　由于没有钱买电话机，只好通过电报来联系。除了一些像"下周六点在教堂门前见面"、"尽快办理居民证迁出手续"等重要的联络外，也有像"晚安"这样只有一个词的电报。这些电报总是在我一条腿跨上床、正准备睡觉的时候来的，所以格外让人感动。我穿着睡衣站在昏暗的玄关里，反复看上五十遍那句"晚安"。一笔一画都渗透到了我身心的各个角落。被吵醒的起起微微睁开眼睛，不乐意地仰头看着我。

　　自从遇见他们，我每次和起起散步都会走那个土堤了，这样能看见小学的后门。可是后门那里，只是回响着从音乐室、操场、大海传来的声音，总是见不到他们。

从土堤望向配餐室的窗户，几乎什么都看不见。配餐室总是被不知是蒸汽还是雾气的不透明的气体笼罩着。有一次，一辆卡车停在后门，车身上涂有嫩肉鸡的标志。我想象着那些躺在传送带上、伸着爪子、茫然地盯着天花板的嫩肉鸡们，经过精确计算过的操作程序，不断地变成炸鸡的情景。然后，和赳赳沿着土堤继续走过去。

在听他讲解炸虾制作过程后大约十天的一个傍晚，我终于再次遇见了他们。

夕阳把大海染成了暗黄色，波浪、船只和灯塔等也都被这色调吞没了。太阳的温暖不停地被海风吹走。土堤上的青草沙沙作响。

他们两人并排坐在配餐室窗下扔着的包装箱上。小男孩戴着有绒球的暖和的帽子，晃动着两腿。男人托着腮，望着远方。

最初发现他们的是赳赳。它摇着尾巴，连跑带跳地从土堤上飞奔了下去。

"赳赳来了！"

小男孩发出穿透天空的嘹亮叫声，从包装箱上跳了下来。帽子上的绒球晃个不停。

"你好。"

我因为被赳赳牵着跑下来，气都喘不上来了。

"你好啊。"

男人浮现出他特有的微笑。

他们刚才坐着的是胡萝卜的包装箱，箱盖上印有红艳艳的胡萝卜。周围还堆放着装冷冻鱿鱼、布丁、玉米、英国辣酱油等各种东西的包装箱。

学生们都已经放学了，听不到乐器声和跑步声。校舍的影子长长地伸展着。狭长的校园里如一潭死水般的安静。三只兔子蜷缩在兔笼子的一角。

配餐室里也看不到一个人，总是雾气腾腾的玻璃变得透明，我能清晰地看见不锈钢配餐台上的反光、挂在墙上的白大褂领子的式样、传送带的开关颜色……

"今天的工作好像已经结束了。"

我从窗户移开视线，坐在男人的旁边。

"是啊，刚刚结束。"

他回答道。

赳赳拖着链子在最后一块有光亮的地上跳来跳去，小男孩围着转，想要抓住它的尾巴。远处，太阳即将沉入海底，海燕不间断地从停泊在港口的游艇桅杆之间飞过。

"对不起，这孩子老是跟赳赳闹着玩。"

"没关系的，你看赳赳也挺高兴的。"

"养多久了?"

"十年。算起来它已经跟着我过了半辈子了。所以，在我回忆起某件事情时，赳赳肯定存在于某个角落。就像照片下边的日期一样。只要回想那时赳赳的个头或项圈的样子，自然就知道是哪一年的事了。"

"是啊。"

他用那线条明快的棕色皮靴，踢开脚边的小石头。

我们谈了一会儿关于狗的话题。我说起在某个深山温泉发现了一个狗动物园，还说到以前住在隔壁的马耳他狗居然出现了假孕症状。他问了很多问题，很感兴趣地频频点头，还不时地微笑。

"一看到傍晚的配餐室，我的脑海中就会浮现出雨中的游泳池。"

狗的话题告一段落后是片刻的沉默。然后，他说出了这句话。我完全不明白他想说什么，它听起来既像是一行费解的现代诗，又像是我熟悉的一节童谣。

"是……雨中的……游泳池吗?"

我一字一句地重复着问道。

"对，雨中的游泳池。你进过雨中的游泳池吗?"

"想不起来了……好像进过，又好像没进过。"

"我一想到雨中的游泳池，就觉得受不了。"

云彩变成了玫瑰色，染红了天空，从海上袭来的夜幕笼罩着我们。他的侧脸近在咫尺。我打量他侧脸的轮廓，真切地感觉到了他的呼吸、心跳和体温。他轻轻地咳了一下，用食指摸了摸太阳穴，继续说了下去。

"因为我不会游泳，所以上小学时对游泳课特别发怵。可以说，为了成长而经受的考验，我在小学时代的游泳池里全都体味过了。首先是对水的恐惧。清澈的水一进入游泳池这个容器中，就产生巨大的压力，它压迫着我的身体，堵塞住我的胸口。很恐怖。其次是耻辱感。不会游泳的孩子都被戴上特制的红色泳帽，在一片白底黑条的泳帽中，孤零零地漂浮着红色的泳帽。因为不会游，我总觉得无所依靠，只能随波漂着。我拼命装出正在游泳的样子，希望他们不要把注意力集中在我身上。那种不顾一切的劲头，也是我从游泳中学到的经验之一呢。"

他深深地吸了一口气，闭上了眼睛。赳赳闹够了，趴在地上，下巴搁在前爪上。小男孩像靠着沙发似的搂着它的脖子。

"而且，一下雨，游泳池的风景就更让人受不了了。落在池边的雨水无论多长时间都不会干，留下脏兮兮的痕迹。整个游泳池，被雨滴打出一圈又一圈的水纹，犹如无数条渴求吃食的小鱼正蠕动在水面上一般。我慢慢地将身体沉入池水中，同学们一个接一个地从我身边游过去。溅起的水花和雨滴混在一起，打在我柔弱的肩膀和脊背上。我那时身体很瘦弱，肋骨、锁骨不用说了，甚至连胯骨和腿骨都能隔着皮肉摸到，泳裤松松垮垮地贴在屁股上。即便是再热的天，一下雨还是很冷的。到了休息时间，我排在洗眼睛的队列后面瑟瑟发抖。浑身的骨节仿佛都在咔咔作响。好不容易熬到游泳课结束了，摘下游泳帽一看，头发总是被染成了淡红色。"

停顿了一下，他开始撕扯包装箱上残留的胶带，胶带发出刺耳的声音。

"这些事情听起来很没意思吧？"

"不觉得。"

我照直回答。

"不过你说了半天雨中的游泳池，它跟傍晚的配餐室还是没半点关系呀。你可得说话算话，把它们的关联说清楚哦。"

　　我俩对视着，呵呵笑了起来。兔笼子中，一只兔子正一边啃着卷心菜叶，一边瞧着我们。

　　"我没有因为不会游泳而受欺负，不是这方面。怎么说呢，是我自身的问题。每一个孩子，为了让自己能完全融入集体中，都会经过某些试练，只是碰巧我比别人多费了些气力罢了。我想肯定是这么回事。"

　　"这一点我觉得还能理解。"

　　说话时，我的眼睛并没有离开他的侧脸。夕阳柔和地包裹着他。

　　"还有就是，只要一看到傍晚的配餐室，我必定会想起那时在通过试练的过程中感受到的痛苦。当然，我这么说你还是不明白。"

　　他低下头又踢了一块小石头。

　　配餐室的窗户慢慢暗了下来。静止了的传送带悄无声息地躺着。喷头、堆在角落里的"鸟笼"、挂在橱柜上的锅底，都已经干得透透的。地上没有一粒饭渣——让人联想到制作餐饭时喧嚣景象的饭渣。

　　凝视着寂静得近乎冷清的配餐室，我在心中描绘出敲打更衣室洋铁皮屋顶的雨声，犹如濒死的鱼一样在池底游走的纤细的腿，用浴巾包裹着的染红了的头发，微微打着冷战的少年。这些画面走马灯似的，浮现在配餐室的窗户上。

"那个时期，我还遇到了一个更重要的问题，就是吃不下东西。"

他说。

"真的？为什么呢？"

"也许是内心深处的那种自卑感，那种怯懦的性格，又或是家庭的问题，总之是许多东西混合在一起的结果。但直接原因还是配餐室。"

"这么说，终于联系到了配餐室！"

"是的，因为有一天我偶然窥见了午休前的配餐室的内部。为什么会在那个时间待在那儿，为什么没去上课，这些都想不起来了，反正我竟然站在正忙着准备午餐的后门那儿。其实在那之前我从没有注意过配餐室，可是……"

我猜不出来他接下来的故事，只是侧耳倾听。

"二十五年前的事了，说是配餐室，跟这里可是完全不同。木头盖的房子，陈旧，昏暗，狭窄，像牲口棚似的。到现在，我还记得很清楚，菜谱是炖菜和土豆沙拉。首先受到的刺激是味道，一种我从没闻过的、浓得令人窒息的味道。要单纯说令人恶心的味道的话，应该有好多种吧。

但是它和它们有着本质上的不同，它和即将被我吃进嘴巴里的东西是有着紧密联系的。一想到这个，我就觉得恐惧。大量炖菜和土豆沙拉散发出的气味在配餐室里混合、发酵、变质。"

我往后坐了坐。赳赳的三角形耳朵一动一动的。小男孩像是真的睡了，一动不动地搂着它。

"而且那里展现的景象真实而具体，远远超出了我的想象力，反而使我陷入了幻觉。做饭的大婶们无一例外，肥胖不堪，赘肉从橡胶袖口和长靴口挤了出来。她们都属于那种下了游泳池，也可以轻而易举漂浮起来的体形。其中一个大婶用铁锹搅和着炖菜，就是那种修路时用的金属铁锹。她的脸被炉火照得通红，单脚踩着像池子一样大的锅的锅沿，搅动铁锹。生了锈的铁锹、净是筋的肉块、洋葱、胡萝卜在泛着白沫的炖菜中忽隐忽现。旁边的大锅里做的是沙拉。另一个大婶正在锅里把土豆踩碎。她穿着黑色胶皮长靴。每踩一脚，就在土豆泥上留下一个靴底花纹。这些花纹，一个又一个重合在一起，渐渐变成了复杂的图案。"

他轻咳了一下继续说。

"我呆若木鸡，目不转睛地看着。其实我很想描述当时的心情，可总是做不到。倘若是那种能用'恐怖'或'恶心'这种平常的形容词就能描绘的场景，我早就会忘记的。然而，在我理清情绪之前，那些不可思议的情景就已经堵塞了我的胸口——飘然上升的缕缕热气、从铁锹头上滴落下来的炖菜汤汁、陷入土豆泥中的长靴子……"

"从那以后，你就吃不下东西了吗？"

我像是确认他讲述的脉络似的，语速很慢地问道。

"只要一听到铝制餐具的碰撞声，一看见配餐值班员从走廊那头跑过来，它们就会一个个清晰地浮现在我的脑海中。实在无法忍受。就这样，对我来说，供给餐和游泳池具有了相同的意义。无论我怎样啪嗒啪嗒地拍打手脚，身体都会沉下水去；与此相同，无论我怎样努力想要咽下一口食物，肥胖的厨娘、铁锹、长靴便出来捣乱。一天早晨，我实在忍不了了，背着书包在街上逛来逛去，也不去学校。对了，那天恰好有游泳课，一举两得。我一边走着，一边用膝盖顶着装了泳裤和红色泳帽的塑料背包。我觉得自己在街上走了很长时间，可实际上只不过两个小时就被爷爷发现了。"

"真的？那么在开饭前，你就被送回学校了吧？"

"没有，不用担心。爷爷一点都没有生气，也全然没有要把我送回学校去的意思。他曾经是个手艺出众的西装裁缝，可是退休以后，因终日饮酒惹了不少麻烦，被家人厌烦着呢。他还跟人打架，露宿街头，破坏路标。所以，那天他并不是在找我，只是从一大早就开始喝酒，一直在街上闲逛而已。'在这儿遇见你，真是稀罕啊。好吧，是个好机会，今天我就带你去一个秘密的地方。'他一边说着，一边拉着我的手走了好长时间。

"我一向不喜欢爷爷充满酒气的呼吸和浸透酒精的像油纸一样干巴巴的手。可那时，我紧挨着他，紧紧地握着他的手，跟着他走。爷爷另一只手还拿着一罐啤酒，一边走，一边时不时地喝上几口。

"终于走到一个偏离市中心的仓库地带，冷冷清清的，那是一片令人恐惧的旧钢筋废墟。'就是那儿。'爷爷用啤酒罐指着那里说。看着像是一家倒闭的工厂，墙壁、门、天花板上的铁皮都已脱落。一进到里面，就感觉到了很大的穿堂风。抬头一看，天花板上是一片片犹如用剪刀剪出来的天空。

"地板上，变红的铁锈混合着尘土，有三厘米厚。稍一迈步，就会发出咯吱咯吱的响声。地上还散落着好多乱七八糟的破烂：六边形和四边形的螺母、弹簧、干电池、柠檬碳酸饮料空瓶、老式发卷、陶笛、温度计……所有的东西都埋在地板上的尘土里，静静地沉睡着。

"此外，还排列着几台很结实的机器，但它们也都埋在铁锈和尘土里。'安全优先、清洁第一'的牌子也躺在地上。

"'就坐这儿吧。'爷爷让我坐在排列着电源开关和控制杆的机器操作台上。它很像一台巨型印刷机，又像一台旧式脱水机，但无论怎样，都不会再运转起来了，只不过是一个大铁块。我把塑料背包挂在了其中一个的操作杆上。

"啤酒喝得差不多了，爷爷不时地从罐口向里窥探，喝的速度也减慢了。

"'你知道这儿以前是做什么的吗？'

"他一说话，嘴唇上沾的啤酒沫就四处飞散。我庆幸爷爷没有问逃学的事，使劲摇了摇头。

"'是做巧克力的。'他骄傲地说。

"'什么，做巧克力的？'

"'对呀。往角落的那个机器里投进可可豆、牛奶、砂糖，不停地搅拌之后，就成了液体巧克力。这些液体巧克力到达下一台机器的过程中，会稍微冷却，变成棕色的糖稀一样的东西。最后从这个滚轮里出来，就神奇地变成平板巧克力了。'爷爷用脚踢了一下我坐的台座。

"'那可是好大一块巧克力啊,足有两张席铺那么宽。而且只要辊子在转动,它就会无限地延长下去。那可全都是巧克力呀!'

"'真的吗?'

"这童话故事般的巧克力,使我非常兴奋。

"'是真的呀。要是不相信的话,就闻闻看。'

"我从台座上站起来,把脸凑近了滚轮。微微闭上眼睛,仿佛真的能闻到巧克力的香味一样。我两手扶在滚轮上,一动不动地闻着,突然感觉到一种被什么巨大的东西包裹住的快感。空中传来阵阵蝉鸣。

"最初只闻到了铁的味道,那种毫无湿气的干燥的气味。但是我不死心,一直闭着眼睛闻,渐渐地仿佛闻到了从很远的地方飘来的香甜柔和的气味,很梦幻。

"'怎么样啊?'爷爷问我。

"'嗯,真的闻到了。'我又在那粗糙的滚轮上靠了好一会儿。

"'什么时候想吃巧克力了,尽管到这儿来吧。这个滚轮从前轧出过好多好多巧克力,上面残留的香味你是根本闻不完的。'

　　"爷爷总算喝干了最后一滴啤酒，把空罐子扔在了地上。它发出哐啷一声脆响，混进了那堆破烂里，看上去仿佛已经在那儿待了好多年似的。我发现爷爷已经没钱买酒了。为了不让他喝多了，家人总是给他很少一点钱。我从书包里拿出一个信封，里面装着今天必须交给老师的修学旅行基金。

　　"'拿这个买酒喝吧。'我把信封放在了台座上。爷爷喝红的眼角聚起皱纹，高兴地说：'谢谢啦。'"

　　他结束了长长的讲述，天色已经昏暗下来。他侧脸的轮廓仿佛也被吸进黑暗里去了。倚靠着赳赳睡觉的小男孩像影子一样，没有一点动静。

　　我急于想要跟他说点什么。如果总是这样沉默下去的话，他的侧脸可能真的会消失。

　　"后来呢，都讲完了？"

　　我留恋地一字一顿地问。

　　"没有了。"

　　他的发梢轻轻地颤动了一下。

　　"那以后，午餐和游泳课，你怎么解决的呢？"

　　"这件事说起来非常简单。后来我因为一个很偶然的契机，学会了游泳，而爷爷得了恶性肿瘤死了。这就是结局。"

我们眺望着暮色沉默了一会儿，站了起来。一直静静地蜷缩着的时间，又突然复苏了。一阵风吹了过去。

"咱们该回家了。"

他这么一叫，小男孩醒了，像是想要继续他的梦境一般眨了好几下眼睛。赳赳用尾巴尖儿扫了扫小男孩的脸。

"什么时候还能再在这儿见到你们呢?"

我拿起了赳赳的锁链。

"从明天开始，我要去别的地区了。一个山脚下比较大的城镇。"

男人拉起跑到他身边的小男孩的手。

"跟这间配餐室也要说再见了。"

窗户玻璃里面的配餐室仿佛陷入沼泽似的，越来越模糊了。

"新去的镇子，要是也有这么先进的配餐室就好了。"我说。

他用微笑代替点头，说:"再见了。"

小男孩朝赳赳挥了挥手，帽子上的绒球跟着晃荡起来。

"再见了。"

我也向他们挥了挥手。

　　他们在隐约可见的微光中走远了。我和赳赳一直目送着他们，直到他们变成了两个小点，看不见了。突然想再好好看一遍那封写着"晚安"的电报。没有丝毫的征兆，只是蓦然想起了那张电报的触感、上面的文字和夜晚的空气。我想再看那两个字，百遍，千遍，直到它们完全融化。抓紧狗链，我朝着和他们相反的方向跑去。狗链握在手中，还是那么冰凉。

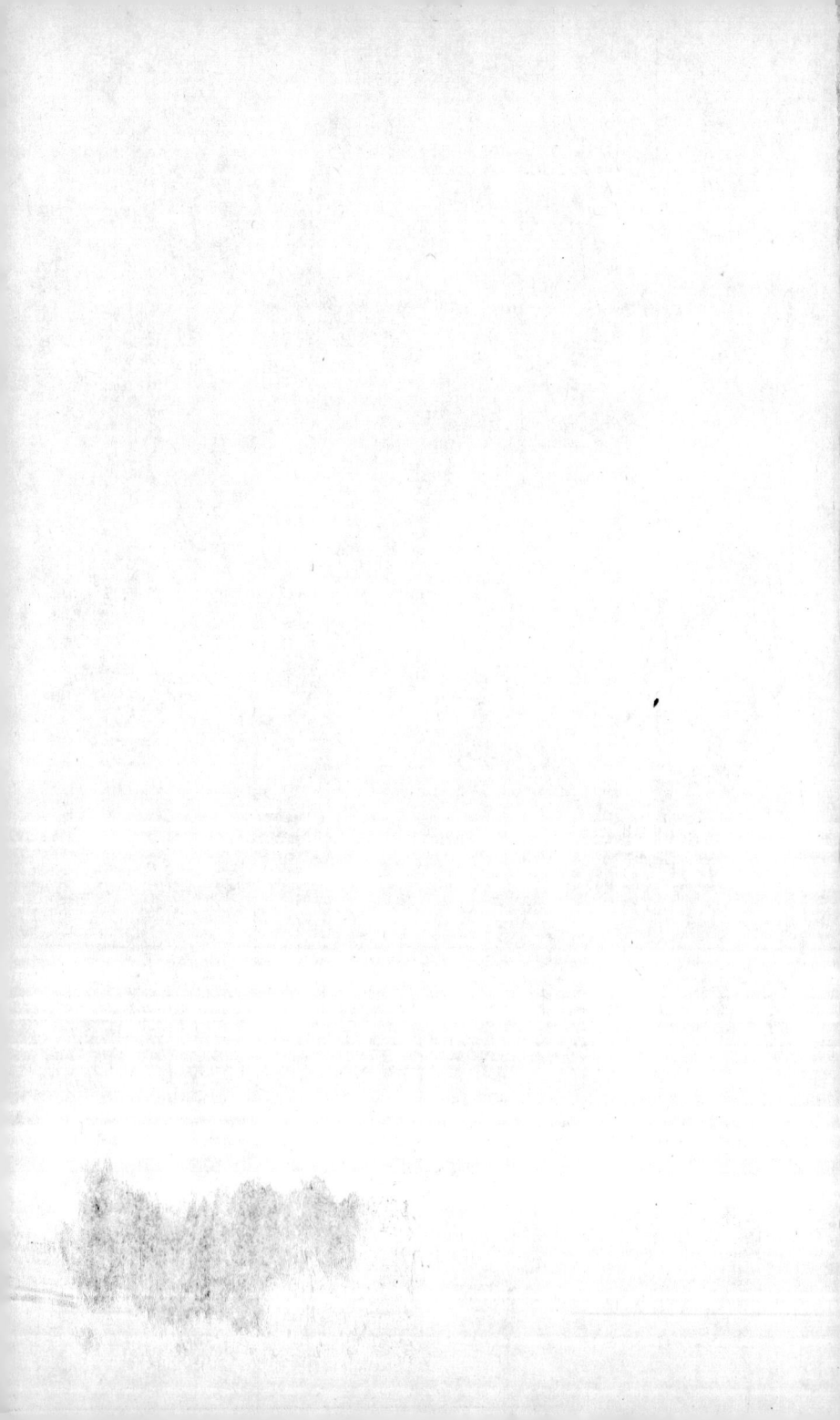